A PEDIDO DO EMBAIXADOR

FERNANDO PERDIGÃO

A PEDIDO DO EMBAIXADOR

1ª edição

EDITORA RECORD
RIO DE JANEIRO • SÃO PAULO
2015

CIP-BRASIL. CATALOGAÇÃO NA FONTE
SINDICATO NACIONAL DOS EDITORES DE LIVROS, RJ

P485p
Perdigão, Fernando
A pedido do embaixador / Fernando Perdigão. – 1ª ed. –
Rio de Janeiro: Record, 2015.

ISBN 978-85-01-10479-3

1. Romance brasileiro. I. Título.

15-22361
CDD: 869.93
CDU: 821.134.3(81)-3

Copyright © Fernando Perdigão, 2015

Todos os direitos reservados. Proibida a reprodução, armazenamento ou transmissão de partes deste livro, através de quaisquer meios, sem prévia autorização por escrito.

Texto revisado segundo o novo Acordo Ortográfico da Língua Portuguesa.

Direitos exclusivos desta edição reservados pela
EDITORA RECORD LTDA.
Rua Argentina, 171 – Rio de Janeiro, RJ – 20921-380 – Tel.: 2585-2000.

Impresso no Brasil

ISBN 978-85-01-10479-3

Seja um leitor preferencial Record.
Cadastre-se e receba informações sobre
nossos lançamentos e nossas promoções.

Atendimento e venda direta ao leitor:
mdireto@record.com.br ou (21) 2585-2002.

"Irritar as pessoas pode chegar a ser um
dever de consciência."

Miguel de Unamuno,
em *Solilóquios e conversações*

1

Dois jovens observavam um grupo de rapazes musculosos metros adiante. O barulho que vinha da pista de dança obrigava Téo a se espichar para falar no ouvido de Rubens:

— Você viu? Ele nem olhou para gente. Não falar comigo não tem problema, mas nem olhar para você...

Rubens era bonito e sabia disso. Com um metro e oitenta e cinco, rosto rústico e masculino, chamava a atenção tanto das mulheres quanto dos homens. Desde menino se convencera de que poderia extrair mais benefícios da relação com estes últimos.

— Eu não me importo, só demos umas saidinhas...

Na noite em que estiveram juntos, Rubens já estava bêbado e impaciente quando avançou sobre o carinha jovem, que aceitou o convite para subir e tomar um café. Não era hora de frescuras; afinal, quem ajoelha tem que rezar. Mas o rapaz tímido escapou do apartamento tão logo suas investidas ficaram mais intensas.

Téo trouxe Rubens de volta à realidade com um sorrisinho maroto e um leve franzir de olhos.

— É... quando o carinha não fica atraído, o melhor é desistir e partir pra outra.

Apesar de saber que a conversa de Téo não passava de provocação, Rubens não se conteve:

— Eu vou lá e vou trazer o menino na coleira. Você vai ver.

Afastando-se de Téo, Rubens se aproximou do grupo que conversava animado. Tocou no ombro do rapaz, abriu um largo sorriso e sussurrou:

— Não me diz boa noite, não me dá um beijo...

O rapaz tomou um susto com a pressão sobre o ombro.

— Que é isso, porra? — virou-se, irritado.

— Já esqueceu onde você esteve na semana passada? Meu apê. Meus braços — disse Rubens, com a mão procurando o braço do outro, que a afastou com um tapa.

Um amigo do rapaz deu uma risada sardônica e disse:

— Essa é boa. Quando souberem...

A frase foi interrompida pelo soco que o rapaz desferiu em Rubens. Os dois se atracaram. Gritos.

2

O delegado Otávio depositou os óculos na mesa e cruzou as mãos atrás da cabeça. A figura que tinha diante de si bastava para solapar a ideia de que uma investigação policial era fruto de esforço intelectual, uma imagem que várias gerações de escritores ajudaram a construir. Aquilo que tinha a sua frente podia ser tudo, menos um homem lúcido, racional e motivado. Andrade era uma alma atormentada, desprovida de valores éticos e presa a um corpanzil desengonçado, que se expressava através de atos truculentos e ideias repugnantes. Cada caso em que se envolvia resultava em queixas constrangedoras. Mesmo assim, era o melhor agente da lei sob seu comando.

Os olhos pequenos de Andrade encaravam o delegado, enquanto tentava ficar confortável na cadeira.

— Comissário...

— Detetive — corrigiu Andrade, incapaz de aceitar um título que o equiparava a uma aeromoça masculina.

— Andrade, eu já repeti duas vezes: o assassinato do jovem encontrado no beco atrás daquela boate vai ser investigado por você. O nome da vítima é Rubens, e temos informações de que o rapaz era bissexual. É só o que sabemos, até aqui. Daqui pra frente é com você.

— Para que existe a Homicídios, então?

— A ordem veio diretamente do secretário de Segurança. Ele está atendendo a um pedido do tio do rapaz, um embaixador, que conhece você de outro caso.

Andrade estampou uma careta de desagrado.

— Sei. Aquele embaixador transviado. Um velhote gay que foi agredido por um garoto de programa. Não basta o meu dia a dia nessas ruas infestadas de ratos e psicopatas, agora vou ser obrigado a investigar um gueto de desajustados promíscuos. E por quê? Por tráfico de influência. Em vez de me encarregar do caso, vossa senhoria devia abrir um inquérito contra essa ação do secretário.

— Você quer dar queixa, Andrade? Você quer dar adeus à sua aposentadoria? Você quer ser transferido para Guadalupe?

O detetive se movimentou desajeitadamente na cadeira, tentando pôr-se de pé e encerrar a conversa.

— Eu vou conduzir esse caso sem interferências. Do meu jeito — disse, já de pé, em tom de ameaça.

O delegado balançou a cabeça, resignado.

— O secretário indicou você, apesar das minhas observações. Então, é problema seu e dele.

Andrade oscilou entre os dois pés buscando encontrar equilíbrio. Por mais que tentasse, ele não encontrava uma forma de desmontar a expressão pacífica gravada no rosto do delegado.

— Pois eu vou até o final. Custe o que custar. Doa a quem doer — tornou a ameaçar.

— Como sempre, não é? Agora, se me dá licença...

O detetive atravessou o salão de investigadores despejando impropérios aleatórios contra a humanidade. Chegando a sua mesa, sentou-se com um estrondo. Lurdes esperou pacientemente até que as feições do detetive se desanuviassem.

— Muita cobrança, chefe?

— Cobrança? Esse delegado só sabe fugir das responsabilidades. Só é capaz de falar grosso quando está rouco. Como está o caso daquele embaixador, que te passei um tempo atrás?

— O embaixador retirou a queixa — disse ela.

— E você permitiu?! — rebateu Andrade, indignado. — A polícia não está aqui para ser massa de manobra desses despudorados. Você devia ter me avisado. Eu o enquadraria em alguma delinquência.

— Mas eu falei com o senhor.

Na época, a resposta de Andrade havia sido um simples rosnado, que Lurdes traduzira como "não me aborreça com essa gente".

— Garanto que foi durante alguma ação policial, quando não podia dar atenção. Agora ele deve estar pensando que eu sou um brinquedo fácil, que pode montar e desmontar na hora que bem entender. Este é o pagamento do embaixador por sua gentileza. Um caso de assassinato...

— Aquele atrás da boate?

Andrade notou, com profunda consternação, que a felicidade escorria da boca miúda da inspetora.

— Este mesmo — replicou duro. — O secretário de Segurança pôs o *de cujus* no meu colo, graças à senhorita.

— Não entendi.

— O morto era parente do embaixador. E ele pediu ao secretário de Segurança que eu cuidasse do caso.

— Caraca! Secretário de Segurança! Estamos importantes. O morto era filho do embaixador?

— Sei lá. Parente. Sobrinho.

Lurdes arqueou as sobrancelhas e suspirou.

— Sobrinho, é?

— Ou outra coisa. Não prestei atenção. O delegado pensa que nós todos temos o que ele tem de sobra: tempo infinito para desperdiçar.

Lurdes esfregou as mãos, com ardor.

— Que bom. Um caso de assassinato para investigar. Eu já estava cansada de violência doméstica e roubo de lojas.

Andrade a olhou com fúria. Começou a falar algo, mas desistiu. Respirou fundo e se ergueu.

— Vamos, então.

— Para onde? — perguntou Lurdes, animada.

— Falar com esse maldito embaixador. Pega o endereço dele.

— Eu posso ligar antes.

— Não precisa. Se eu me lembro bem, o sujeito é um parasita social. Vamos lá, pegar o homem acordando. Você vai poder ver alguém vestindo pijamas e *robe de chambre*.

Lurdes foi atrás de Andrade, que já seguia, no seu balanço singular, na direção da escada.

— O que é isso de *robe de chambre*?

— Um jaleco comprido, de seda, que os gays usam para não ter o trabalho de tirar as calças.

O calor na rua justificava plenamente, aos olhos do detetive, a escolha de seus trajes habituais: uma camisa folgada de mangas curtas, quase um lençol listrado, e calças bege. Nos pés, tênis branco e palmilhas ortopédicas. Lurdes ia a seu lado, com sua roupa de combate: jeans e blusa escura, sapatênis preto e casaco de couro, que tirou assim que saiu da delegacia. Para irritação de Andrade, a inspetora cantarolava, em visível cumplicidade com o bem-estar.

— Inspetora — observou Andrade, quando se aproximavam do edifício do embaixador. — Eu pediria que a senhorita moderasse seu entusiasmo, já que estamos tratando aqui de uma morte trágica. É fato que a vítima cavou o próprio funeral com uma vida desregrada e imoral, mas quem somos nós para julgar alguém, não é? Vamos encarar isso com o respeito que a família merece.

— Desculpe, chefe. Mas... que família?

— O embaixador, quem mais? Seja qual for o parentesco que tenha com o falecido.

Lurdes se deteve um instante, sem jeito, e teve que correr para alcançar o detetive, que havia disparado na direção da portaria, sem esperar resposta. Ela o alcançou ainda na entrada, quando o detetive já empurrava uma pesada porta de vidro contra um homem gordo e baixinho, de bigodes finos, que a escorava por dentro.

— Vou chamar a polícia — disse o roliço porteiro, sendo arrastado.

— Nós somos a polícia — gritou Lurdes, agitando sua carteira, aos saltos por detrás do chefe. — Detetive Andrade e inspetora Lurdes.

O porteiro largou a porta e Andrade entrou cuspindo fogo, com a inspetora em seu encalço.

— Inspetora, leve esse elemento para a delegacia. Obstrução do trabalho policial.

O porteiro o encarou entre irritado e receoso.

— Tô fazendo meu trabalho. Por que o senhor não disse que era da polícia?

— Eu mostrei a carteira. Pena que o sertão não se preocupe em alfabetizar antes de exportar vocês para cá.

— Não dava pra ver.

— A polícia não precisa dar explicações a todo analfabeto que aparece no seu caminho. Qual é o seu nome?

— Genésio, sim senhor — respondeu o porteiro.

— Pois dessa vez passa, Genésio. Não dá pra exigir muito de alguém com sua condição. Avisa ao embaixador que a polícia está subindo.

Andrade passou batido pelo porteiro, com a inspetora atrás. O porteiro correu para o interfone.

— Do jeito que as coisas andam, em breve, inspetora, nós só vamos ver filme americano dublado — comentou Andrade, bufando.

Uma empregada uniformizada os indicou a sala de estar. O ambiente era decorado com tapetes persas e papel de parede...

— Uau! — exclamou Lurdes. — O papel de parede é *Laura Achilei* — disse, apontando as paredes cobertas por registros florais.

— Sei.

— Vi numa revista. São muito finos.

Andrade a fitou pesaroso. Uma vida construída a partir de revistas de fofocas.

— Registre esta cena, inspetora, se um dia quiser escrever um manual de decoração do gay tradicional. Você não vai ver quadro de gente nua, como é comum nas casas de gays modernos. Só vai ver quadro de navio, tapetes pendurados e pratinhos de louça escorados como porta-retratos. Tudo embrulhado nesse papel de presente que você apontou.

Foram interrompidos pela entrada do embaixador. Vinha de *robe de chambre* e um lenço de seda enrolado no pescoço. O detetive cutucou Lurdes e esboçou um sorriso de vitória.

— Meu querido detetive. Detetive, e não comissário, não é?

O embaixador estendeu a mão para Lurdes.

— A senhorita pode não acreditar, mas este homem tem a alma mais gentil que eu já conheci.

Andrade engoliu o elogio como um vinho avinagrado.

Lurdes devolveu ao embaixador um olhar incrédulo e apertou a mão que ele estendia. Era uma mão delicada e ainda recendia ao creme recém-passado. De resto, a figura estava longe de ser franzina, como o chefe lhe havia descrito. Era baixo, mas tinha um corpo malhado e bem conservado para seus cinquenta e dois anos. O rosto era agradável, um quê de Tom Cruise, nas feições proporcionais e no riso angular.

— O senhor retirou a queixa contra aquele degenerado — recriminou o detetive.

Os três se sentaram nos sofás bege que rodeavam uma mesa repleta de livros de arte. O embaixador tocou um sino que havia sobre ela e a empregada ressurgiu.

— Rita, por favor, traga água, chá e *biscuits* para nossas visitas.

Ela assentiu e se retirou.

— Então — abriu um sorriso desconsolado —, como está a investigação?

— No início. Nós viemos aqui para isso, embaixador. Quem era esse rapaz e qual a sua relação com ele?

O embaixador lhe dirigiu um sorriso condescendente.

— Filho de amigos já falecidos, que acolhi e ajudei enquanto pude. Tratei como um sobrinho, ainda que distante. Mas ele era muito... rebelde. Fui perdendo contato, e, quando soube da morte dele por conhecidos comuns... achei que devia um último gesto. Pela família, sabe?

Andrade acompanhava os detalhes das sutis movimentações faciais do embaixador enquanto a conversa se desenrolava, atrás de algo que validasse o que o diplomata estava dizendo. Para sua irritação, soava claro o eco zombeteiro que seguia cada palavra.

— Sei. E o senhor sabe de onde ele veio e o que fazia?

— Os pais são do Rio Grande...

— Pelotas, imagino — cuspiu o detetive.

O embaixador deu um sorriso contido e se dirigiu a Lurdes.

— Viu? Um monstro intuitivo — disse, indicando o detetive com mãos bem-tratadas.

Andrade enrubesceu, disfarçando o embaraço com um ruidoso processo de acomodação no sofá:

— Prosseguindo...

— Prosseguindo, ele trabalhava numa agência de viagens especializada em turismo receptivo.

— Receptivo? Quão receptivo? — questionou Andrade.

O embaixador sorriu complacente.

— Por acaso, sua insinuação está correta, detetive. A agência se dedica a receber homossexuais estrangeiros em busca de um turismo colorido, o detetive me entende, não é?

Andrade não escondeu a repugnância que a ideia inspirava.

— Um centro de prostituição?

— Não, detetive — contestou o embaixador, sorrindo satisfeito com o efeito de suas palavras. — É uma agência de turismo como outra qualquer, só que buscando o interesse do público homossexual. A inspetora sabe do que falo, não é?

Foi a vez de Lurdes se ruborizar. Andrade apreciou a mudança de foco do embaixador com um sorriso no canto dos olhos miúdos.

— Vamos voltar ao ponto, embaixador. O senhor acordou agora, mas estamos desde as cinco da manhã limpando as ruas para vocês desfilarem.

O embaixador correu os dedos pela nuca, esvoaçando cabelos imaginários.

— Você é impagável, detetive. Está bem, voltando ao assunto...

O embaixador levantou as mãos.

— ... é só isso.

Andrade o encarou estupefato.

— Como só isso? E as relações entre vocês? Onde fica essa agência, afinal? — Andrade disparou as questões, motivado por sentimentos ambíguos. Por um lado, era ignóbil a manobra de ocultar informações, por outro, era tentador poder encerrar o diálogo com aquela enguia venenosa.

— Fica no shopping, próximo a sua delegacia, bom homem.

O detetive levou a mão ao queixo para amparar as bochechas que subiam e desciam exaltadas diante da menção ao shopping Princesinha do Mar. Tinha que ser ali, naquele antro insidioso, o covil central dos que promoviam a cidade como paraíso turístico para efeminados?

— E o morto morava com o senhor, embaixador?

— Mas claro que não! Rubens era um sobrinho muito querido, mas estávamos afastados fazia um bom tempo.

— Houve alguma desavença? — perguntou Lurdes.

— Nada emocionante assim, inspetora. Apenas mudamos de interesses.

A empregada retornou com uma bandeja repleta de bolinhos e a posicionou sob o olhar guloso de Andrade. Se teria que aturar mais meia hora daquela conversa, pelo menos poderia aquietar a barriga, que já roncava. Agarrou dois bolinhos e os lançou à boca, enquanto o embaixador servia o chá. Com um aceno brusco, Andrade dispensou a bebida.

— Por acaso o senhor teria algum suspeito, embaixador? Pode ter sido aquele meliante depravado que agrediu o senhor. Já estávamos na iminência de prender o criminoso quando a queixa foi retirada.

— Não, imagine. Aquele rapaz, o Fabinho, era apenas uma alma boêmia, um pouco atormentada, é claro. Mas não imagino que fosse capaz de...

— O senhor voltou a sair com ele! — A boca cheia de Andrade disparou milhares de migalhas, cobrindo a mesa e o colo do embaixador, que recuou assustado de encontro ao sofá. Olhou, consternado, os pedaços de bolinho sobre o robe. Lentamente espanou cada partícula.

— Não — respondeu o embaixador, ao recuperar a fleuma. — É só isso, inspetores?

Na rua, Andrade explodiu numa gargalhada.

— Viu como dar um fim na empáfia desses mariquinhas, senhorita inspetora?

— Como?

— Pondo no colo deles a sujeira que eles mesmos fabricam. Desde Freud que sabemos: quem tem muitos tapetes, esconde uma montanha de sujeira. Aposto minha aposentadoria que ele e o sobrinho estavam dividindo o garoto de programa e deu alguma briga.

— Fiquei surpresa quando entrei. O senhor havia dito que ele era frágil, e o embaixador é até musculoso.

— Eu disse? Devia estar me referindo à moral dele. E a senhorita deveria dar um descanso a esse casaco de couro. Viu como ele chegou a insinuar que você é lésbica?

Lurdes se retesou.

— E que o senhor era gay — retrucou zangada.

Andrade apertou os olhos, alterado, mas curioso com a impertinência. Lurdes fora de fato atingida pelo comentário. Devia ser uma lésbica em processo de conscientização. Ainda não tinha virado borboleta.

— Lurdes, fique aqui e passe em revista os porteiros da região, os agentes de comércio, qualquer pessoa que possa dar informações sobre os hábitos desses depravados perfumados. Nos encontramos na delegacia na hora do almoço. Vou colher umas informações sobre essa turma de desqualificados, e mais tarde vamos visitar o morto no Instituto Médico-Legal.

Ao ver Andrade se afastar na direção da praia, Lurdes caminhou resoluta até a portaria. Um suadouro no porteiro e saberia logo quem frequentava a cama do embaixador.

O chefe do Departamento de Autópsias do Instituto Médico-Legal manuseava a pilha de relatórios que se erguia como uma barreira entre ele e os dois policiais. Volta e meia soltava um resmungo, e lançava um relatório que estava lendo na montanha que se formava na mesa lateral. De repente, ergueu os olhos enrugados e bateu com a mão espalmada nos óculos, reposicionando-os.

— Não tenho muito tempo, comissário. O que você e sua colega querem saber?

— Detetive — corrigiu Lurdes.

— O quê? — impacientou-se o chefe do departamento.

— Nada — cortou Andrade, para surpresa de Lurdes. — Nós queremos saber qualquer coisa que possa ajudar na investigação de um caso como este. Como ele foi morto. Se foi currado. Se deixaram vestígios...

— Bem, mataram o rapaz com seis facadas, e na verdade bastava uma.

— Hum, crime passional — saboreou Andrade.

— Ou inexperiência, comissário — resmungou o chefe. — O rapaz havia sido espancado antes.

— Antes da morte? — perguntou Lurdes.

— Não, antes mesmo. Dias antes. Na verdade...

— Então, ele devia estar devendo a alguém — disse Andrade, pensativo.

— Ou interrompeu alguém — observou o chefe do departamento, mal-humorado. — Na verdade, ele não teve relações sexuais na noite da morte, mas apresentava pequenas lacerações no ânus. São comuns em práticas homossexuais — observou por cima dos óculos. — Mas nada muito agressivo.

— Papai e papai — ironizou Andrade, se calando ante o olhar irritado do outro.

— Já está na hora dos senhores irem — disse o chefe, fechando o relatório que manuseava.

A ascensorista rodou uma manivela, abrindo a porta do elevador. Andrade saiu na frente, atropelando uma senhora e derrubando sua bolsa. Ela protestou, aos berros:

— Olha o que você fez! Grandalhão sem modos!

O detetive não perdeu tempo respondendo à velha. Com um chute de passagem, esparramou o conteúdo da bolsa, enquanto a mulher lançava-lhe acusações furiosas. Uma vez do lado de fora, deteve-se por um longo momento fitando o prédio. Era um dia ensolarado, e a decrepitude do Instituto Médico-Legal contrastava com o resto do cenário.

— Não sou pago para isso! — bufou, diante de uma inspetora atônita.

— O que foi, chefe?

— Alguém tem que aposentar esse velho babão! Como podemos orientar uma investigação com base nisso. A cena do crime devia estar coalhada de indícios, e o que ele nos dá? Nada.

— Quando o relatório chegar, teremos mais, chefe.

— Vou fazer uma queixa oficial. Melhor, você vai fazer. Acusando este velho de libertinagem.

— Ahn?!

Lurdes esperou que a cólera de Andrade se aquietasse.

— E agora? — perguntou ela, depois de um tempo razoável.

— Você vai ao apartamento da vítima ver o que os lesados da perícia deixaram passar e eu vou continuar colhendo informações.

Andrade deixou Lurdes na esquina, próximo ao apartamento de Rubens, e seguiu com o táxi até a praia. Parou no quiosque do seu informante praiano, Pipa, cuja localização, no fim de Copacabana, quase em frente a um hotel adorado por franceses, era garantia de uma frequência de aproveitadores e frescos. Pipa era um negro musculoso e inteligente, sambista nas horas vagas, que arrebatava algumas turistas mais desinibidas. Uma dessas, de ar nórdico e porte avantajado, estava debruçada sobre o balcão do quiosque, rindo muito e balançando uma caipirinha quando Andrade se aproximou.

— Dispensa a modelo de revistinha sueca — disse Andrade, em tom agressivo.

— Qual é, patrão? Tô trazendo divisas pro país.

— Sei. E eu tô tentando salvar os desviados que tomam cachaça nessa birosca.

Pipa encarou a loura, com ar de gostosão.

— *Please, my lady. I go talk to my big boss. And after, I go talk to you, my biutiful.*

A loura deu mais um sorriso, lambeu o canudo e tirou, um a um, os peitos do balcão. Caminhou pela areia, rebolando, até uma barraca com outras gringas, que fizeram um estardalhaço ao vê-la de volta.

— Pelo jeito, lá de onde ela vem, os negros são brancos — comentou o detetive, chamando Pipa para mais perto. — Olha esta foto — mostrou a tela do celular chinês, cópia do um iPhone. — Esse defunto aqui devia fazer ponto na sua área. Quero saber com quem ele andava, quem bancava o cara...

— Caralho! Eu sei quem ele é — interrompeu Pipa.

— O Rubão. É difícil dizer com quem ele não andava. Ia da gatinha ao titio.

— Vinha muito por aqui?

— Ia à praia mais pra lá, na faixa rosa, mas também aparecia por aqui. Gostava de serviço completo:

cadeira, toalha e caipira na areia. Uns tempos atrás, vinha um coroa com ele, mas sumiu.

— Eles escancaravam? Beijo na boca?

— Não. Ele também arrastava umas mulherzinhas. Não escancarava com homem, não. É do tipo que quando queria se pegar com homem na praia, fingia que estava brincando de luta.

Andrade o olhou enojado.

— Você é um poço de desvios, não é? Eu devia desterrar você praquela ilha ali — apontou na direção do mar.

— Uma nadadinha e eu tava de volta — caçoou Pipa.

— Desde quando negro sabe nadar? Já viu sua turma em pódio de natação?

— Eu nado pra caramba — afirmou Pipa.

— Deixa de mentira. Você aprendeu é a correr: de polícia e atrás dessa turma de travestis, que é bem do seu gosto.

— Que é isso, *boss*? Tá me estranhando? Sou comerciante, o cliente tem sempre razão.

Andrade se apoiou no balcão.

— Ele e a turma dele estavam devendo a você ou a outro fornecedor de produtos químicos?

— Como é que vou saber, *boss*? Acho que não, ele tinha sempre a grana solta. Pagava tudo quando estava com as meninas.

— E com o velho?

Pipa deu um sorriso malandro.

— Ele também não era bobo, né, patrão? Quem pagava era o velho.

Andrade lhe mostrou outra foto no celular.

— O velho era esse?

— Pode ser. Muito pode ser.

O detetive coçou o queixo.

— Cadê minha cerveja?

Pipa deu um giro e voltou com uma cerveja na mão.

— Me pegou na conversa, patrão. Esqueci.

Andrade abriu a cerveja e deu um gole.

— Quero que você fique de olho em todo mundo que andava com o falecido. Os amiguinhos e o velho.

— Mas, chefe, eles vão mais pra faixa rosa, não vai...

— Se vira. Fala com teus comparsas dos outros quiosques. Você sabe que se perder a serventia... a cana vai ser feia.

— Tô que nem trem: andando na linha. Tenho mãe doente e uma filhinha...

O detetive abriu um sorriso amedrontador.

— Vai vender sua história triste pra turista sem--vergonha, que eu tenho mais o que fazer.

Pipa olhou para a areia e assoviou, chamando a atenção da gringa. Andrade deu mais um gole na cerveja, bateu no balcão e saiu dali.

Ao entrar em casa, deparou com Dó — Dolores, a empregada — arrumando uma sacola na cozinha. Ela era herança de sua esposa falecida: uma baixinha azeda, tão enfezada quanto o pior dos sete anões.

— Tá levando só o que é seu?

Dó continuou a arrumar suas coisas na sacola.

— O senhor tá chegando cada dia mais cedo — comentou ela sem erguer a cabeça.

— Sobrou alguma coisa para eu comer de noite? — disse o detetive, entrando na cozinha.

— Tem rosbife e salada na geladeira. Batata no forno. Desculpa se não arrasto a prosa, mas já tô atrasada pro culto.

— Pobre não se cansa de ser explorado, não é?

— Cansar, eu canso. Mas prometi a dona Marta, sua mulher, que ia cuidar do marido dela depois que ela fosse pra junto do Senhor.

Dó ergueu a sacola, que era quase da sua altura, e abriu a porta da cozinha.

— O senhor não esquece de deixar o dinheiro da feira, que amanhã chego mais tarde.

— Depois do culto tem o baile do tráfico, não é?

Dó bateu a porta. Andrade sorriu, revigorado pela conversa, e foi encher a banheira para refletir sobre o caso.

Meia hora depois, estava mergulhado na água quente, combatendo febrilmente as páginas de uma revista semanal. A matéria tratava da onda de novos artistas de rua e incluía de grafiteiros a meninos malabaristas que atuavam em sinais de trânsito. Amassou a revista, furioso. Então, agora era assim: qualquer um que incomodasse as pessoas seria premiado com uma matéria numa revista. Incomodar era arte. Pichador virava pintor, e pedinte, malabarista. Onde tinha ido parar o conceito de perturbação da ordem pública, ao qual se devia o bem-estar social. Tinha ido com Suely e a filha dela a um museu recém-inaugurado, e lá não havia um quadro sequer nas paredes. Eram filmes de gente se coçando, bananas apodrecidas caindo do teto, panos pendurados em varais coloridos, tudo para ser entendido por iniciados, ou seja, os adamados que conheciam a linguagem cheia de subterfúgios que só eles podiam penetrar. Devia agradecer a Deus que o meio policial ainda não tinha sido tomado por essa gente. Mas estava por um fio. Os direitos humanos eram a brecha pela qual estavam se introduzindo na justiça. E os vegetarianos agiam da mesma forma. Minando a masculinidade.

Antes de dormir, tomou o dicionário amarfanhado que tinha sido presente da mãe. Como ela dizia, três palavras novas por dia bastam para fazer do homem um doutor.

3

Após a quarta rodada de pães de queijo, Andrade sentiu-se apaziguado. Dona Sara, a dona do café, saiu de trás do balcão para apresentar ao detetive a conta do mês. Quase trezentos reais em pães de queijo e café, avaliou Andrade, incapaz de abolir um hábito de mais de dez anos. Dane-se, pensou. Podia muito bem se dar a esse luxo, já que fazia todas as refeições em casa e pouco gastava com lazer, exceto as sessões de cinema em casa, regadas a vinho, que partilhava com Suely. Saídas mesmo, só quando a filha dela vinha visitar. Então, iam ao shopping ou ao cineminha na Barra da Tijuca. Até a um museu, às vezes. Não ia abrir mão de comer seu pão de queijo. A vida de policial exigia muito e precisava descontar em alguma coisa, já que não se podia mais dar um sacode nos suspeitos. Os animais agora tinham direitos humanos.

Agradeceu à dona Sara e partiu ao encontro de Lurdes. Como haviam programado, se encontrariam na entrada principal do shopping e, dali, seguiriam para a agência de turismo. O objetivo era interrogar os sócios de Rubens, o morto alegre. Ao chegar, Lurdes já estava a postos, ao lado de um jornaleiro próximo à entrada, absorta nas notícias.

— Frustrante, não é? — disse Andrade, surpreendendo a inspetora, que se voltou em posição de luta.

— Desculpe, chefe. Não vi o senhor chegando.

— Estou falando dos marginais que perambulam por este shopping. Bastaria trancar este cortiço e metade da criminalidade estaria fora das ruas.

— Cada tipo que passa — comentou ela extasiada.

— Você que é jovem pode se acostumar. Eu não tenho mais idade para isso.

— Nós fazemos diferença, chefe.

— Não se pode matar cada abelha. Tem que destruir a colmeia. Bem... estamos prestes a entrar nela. Tampe o nariz e avante.

Lurdes ficou observando o detetive. Por um momento, pareceu que ele andava sem sair do lugar, e de repente seu torso pendeu e arrancou na direção da galeria que levava ao interior do shopping.

Ainda no túnel de lojas que levava ao átrio central, Andrade estacou diante de uma pet shop. Por trás da vidraça uns filhotes graciosos se embolavam numa jaula pequena.

— Sabe o que me irrita, Lurdes?

Ela fez que não com um movimento de cabeça.

— Não vemos mais as raças tradicionais. Foram todas substituídas por labradores ou bibelôs animados. Os verdinhos param hidrelétricas por causa de sapos e antas, lutam contra a pesca de baleias, mas ninguém defende os dobermanns. Eu fui a um parque num fim de semana desses e só víamos esses cachorros penteados. Não tem mais cachorro pra homem.

— Tem pit bull — lembrou Lurdes.

— Não estou falando de cachorro com desajuste social.

— Quando eu era criança, meu pai tinha um pastor-alemão.

— Pastor-alemão. Não é bem ao que me refiro, mas vá lá, é um cachorro com C maiúsculo. Não são como esses bonequinhos alegres. Vem, vamos entrar um instante.

Na loja, um empregado magrinho penteava um cão pequeno, de pelos longos e olhar carinhoso. Largou a escova e prendeu uma fita cor-de-rosa em seu pescoço. Demorou a perceber a sombra de Andrade sobre o balcão. Ao ver o detetive, agarrou-se ao cãozinho.

— Ai, meu deus! Que susto!

Andrade estendeu a mão e cutucou o cão.

— Que raça é essa?

— Shih tzu. Um doce. Feliz, como só gente de cabeça aberta pode ser. O senhor está interessado?

O detetive lhe devolveu um olhar ofendido.

— Por isso? Não. Queria saber se você tem cachorros de verdade para vender. Dobermanns, por exemplo.

O empregado tornou a abraçar o cachorrinho.

— Imagina! Esse tipo de animal só existe em filmes de guerra.

— E pastor-alemão? — perguntou Lurdes.

O empregado a fitou, horrorizado:

— Amiga, é tão... tropa de elite. O casal me desculpe, mas somos uma pet shop, não um canil militar.

A inspetora se irritou.

— Mais uma gracinha e o senhor vai engolir esse bolinho peludo.

Andrade ergueu as sobrancelhas, orgulhoso.

— Bem — o detetive deu uma pancada no balcão, fazendo o cachorrinho escapulir assustado para o fundo da loja.

— Seus... — o empregado tartamudeou. De súbito, arregalou os olhos. — Isso é um assalto? — indagou, erguendo as mãos trêmulas.

Andrade lhe deu as costas. Lurdes ameaçou com um movimento de caratê, e ele correu na mesma direção que o cachorro havia seguido. Assim que saíram, Andrade cumprimentou Lurdes.

— Muito bem, inspetora. Não podemos deixar a instituição policial ser desmoralizada por esses pervertidos.

— Abusado — disse Lurdes, ainda furiosa.

— Basta você ser normal para essa gente afetada pensar que somos caipiras.

A agência de turismo Golden Pot tinha como marca uma simpática zebra multicolorida. O letreiro era bem criativo, e os escritórios não ficavam longe da lavanderia coreana, cujos donos ainda guardavam ressentimento da dupla de investigadores desde o caso de sequestro do filho deles, que acontecera havia pouco tempo. Por esse motivo, ao sair da escada rolante, os dois seguiram para a esquerda, preferindo um caminho mais longo que evitasse a passagem diante da lavanderia.

Na frente da agência, Andrade parou um instante para abrir o cinto e reacomodar a barriga nas calças.

— Nesse trabalho, Lurdes, não se pode esperar agradecimentos.

Lurdes olhava, preocupada, para o corredor do outro lado do vão central.

— O restaurante que ficava ao lado não está mais lá.

— Ainda bem. Só me faltava ter de continuar tratando com aqueles comerciantes minúsculos. Minha coluna acabou de tanto ter de me inclinar para falar com aquela gentinha.

— Se eles falassem de longe, a gente não teria que se curvar — observou Lurdes.

Andrade refletiu com seriedade sobre o comentário.

— O problema é que a voz deles é tão miúda quanto o corpo.

— Acho que eles vieram de uma raça diferente da nossa. Sabe, de macacos diferentes — continuou a inspetora.

— Você leu...

— ... numa revista.

— Sei. Vamos entrar antes que eu tenha que enquadrar você na Lei Afonso Arinos.

Os dois trocaram sorrisos e marcharam lado a lado para a agência.

Ao entrarem, quase não acreditaram no que viram. As paredes eram grafitadas de cima a baixo com cenas de um colorido infernal. Numa delas, a selva amazônica. Na outra, um desfile de carnaval. À frente deles, uma montagem de cenários: o Pão de Açúcar, o Corcovado, a praia de Copacabana e a Lagoa. Uma profusão atordoante de imagens. Andrade e Lurdes se entreolharam, indecisos. Numa mesa longa, cheia de telefones, dois rapazes e uma moça atendiam ligações ou teclavam em computadores brancos. Um deles largou o telefone e perguntou:

— Como posso colorir seu dia, amigo?

Os dois novamente se entreolharam. Andrade fechou a cara e empurrou Lurdes para fazer o contato.

— Somos da polícia. Inspetora Lurdes e detetive Andrade. Precisamos falar com os donos da agência.

O sorriso do rapaz murchou. Pegou o telefone e murmurou algo. Desligou.

— Um momentinho e eles já vão atender os senhores — apontou um sofá laranja, polvilhado de figurinhas de alces. — Preferem água ou chá?

Andrade abanou a mão com desprezo e foi sentar-se. Buscou uma revista qualquer com as pontas dos dedos. Na capa, um negro musculoso lambendo os próprios dedos. Largou-a, chocado. Lurdes não conteve um risinho e recebeu uma descompostura silenciosa do detetive.

— Os senhores podem entrar — disse o rapaz, acenando com renovada alegria. — Eu vou acompanhar vocês.

Eles cruzaram uma porta e entraram em outro ambiente, mobiliado com um sofá amarelo e duas cadeiras de couro brancas, modernas. De dentro de uma sala, surgiu uma figura alegre e roliça, de rosto oval rosado, todo sorrisos. Devia ter perto de trinta anos, e o cabelo negro, liso, caía numa longa franja sobre os olhos. Vestia uma calça cáqui, camisa de algodão decorada com palmeiras e sandálias franciscanas.

— Eu sou o Paulo. Vamos para nossa sala. Meu sócio já vem.

Andrade grunhiu em resposta e Lurdes estendeu a mão. Entraram numa sala grande, com três mesas de trabalho com pés de aço e tampo de vidro, alinhadas num semicírculo. Na parede mais extensa, ao lado da porta, um sofá pequeno, uma mesa de centro e três cadeiras. Andrade desabou no sofá, enquanto Lurdes percorria o ambiente, curiosa.

Um segundo jovem, de idade similar, entrou apressado. Tinha um queixo muito fino e cabelos encaracolados bem curtos. Canelas finas e brancas se destacavam contra a bermuda preta. O desagrado no rosto era amenizado pelos olhos redondos, pequenos como dois botões. Ganhou imediata atenção de Andrade.

— O senhor é o segundo sócio?

— Sou o Márcio, sim.

Os dois sentaram. Lurdes se juntou ao grupo.

— O senhor é casado? — perguntou ela, dirigindo-se a Paulo. — Vi o porta-retratos com as crianças...

O rosto dele se iluminou.

— São lindas, não são? Minhas princesas.

— Paulinho agora é um homem de família — comentou Márcio, sem esconder o sarcasmo.

O outro lhe endereçou um olhar furibundo, que recebeu um bocejo em resposta.

— Vejo que a sociedade vai bem — comentou Andrade. — A relação de vocês com o morto também era assim... apimentada?

Paulo se adiantou.

— Somos como irmãos, desde a faculdade. Irmãos se beliscam, não é? Fizemos Letras na PUC... Ai, como é bom lembrar aqueles tempos. Éramos tão jovens... — começou a cantarolar, sendo interrompido por Márcio.

— A polícia não está interessada no que você era. Até porque você mudou, não é mesmo? — novamente o tom de Márcio era maldoso.

— Na vida temos prioridades, meu amor. Minha prioridade hoje é cuidar das minhas princesas — respondeu Paulo, cadenciando cada sílaba da última palavra.

O detetive bateu a mão espalmada contra as coxas, atraindo a atenção dos sócios.

— Eu não vou ficar esperando vocês se depenarem. Isso é uma investigação policial. Um assassinato! — explodiu Andrade.

Os dois cerraram os lábios.

— Prossiga, por favor. — O detetive apontou Paulo com o queixo, enquanto a mão deslizava para acomodar a bunda no sofá.

— Então, Rubão ganhou um dinheiro de família e chamou a gente para construir nosso sonho. Isso aqui é um sonho, não é? — Franziu a boca, gracioso.

— E estão devendo algo que pudesse ser cobrado do defunto?

— Cobrado?

— É. Um sujeito deve dinheiro. Vem o bandido e mata o cara. Como no cinema americano.

Márcio levou o queixo ao ombro.

— Só vejo cinema europeu e iraniano.

— Imagine — interveio Paulo. — Nós estamos muito bem, não é, Marcito? O Márcio é que cuida do administrativo.

— Financeiramente a agência vai muito bem — concordou Márcio.

Andrade examinou os dois em busca de algo oculto nas palavras.

— Os senhores não têm ideia de quanta gente quer nossos serviços especializados — completou Paulo.

— Quem herda a parte do morto? — perguntou a inspetora.

Os dois ficaram em dúvida.

— Acho que tem que consultar a família dele — disse Márcio.

— Vocês conhecem algum parente? — insistiu a inspetora.

— Os pais do Rubão morreram cedo. E ele não tem irmãos — comentou Paulo, aproximando dois dedos e mexendo na ponta da língua. Andrade observou o gesto, buscando nele um significado imoral.

— Seria melhor os senhores falarem com a família — insistiu Márcio.

— Que família, criatura? Seu sócio não acaba de dizer que a vítima é uma libélula desgarrada.

Os sócios e Lurdes arregalaram os olhos. Andrade percebeu que se excedera.

— Desculpe. Homossexual — reparou, contrito.

— O senhor não tem o monopólio da homofobia nesta cidade — disse Márcio com desprezo.

— Já pedi desculpas. Vamos deixar de frescuras. Vocês são gays mesmo e eu não vou prender ninguém por causa disso. Mas como cidadãos têm a obrigação de ajudar a polícia a resolver esse crime. Eu espero que não queiram jogar tudo pra debaixo do tapete, como é comum entre as minorias. Ficam no seu pequeno gueto e dão chilique quando a sociedade vem examinar o que andam fazendo às escondidas.

— Eu acho que vou chamar um advogado — disse Paulo, com olhos lacrimejando.

— Não precisa — disse Márcio. — O detetive vai ser rápido.

— Se vier um advogado, isso vai continuar na delegacia — ameaçou Andrade, estufando o peito.

— Não vai ser necessário — garantiu Márcio, olhando enviesado para Paulo.

— Bem — disse o detetive, desinflando —, voltando ao nosso falecido. Ele tinha algum inimigo?

Paulo se reanimou do nada.

— O Rubão não era fácil, não é, Marcito? Tinha dias que estava esquentado, aí discutia por qualquer coisa. Só a gente e o Téo para aguentar o Rubão todo dia.

— Mas bem que sabia bancar o sedutor — emendou Márcio.

— Quem é esse Téo? — perguntou Lurdes.

— Um amigo dele, de infância — disse Márcio.

— O melhor amigo dele — aduziu Paulo. — Estava com ele na boate naquela briga, não é, Marcito?

O olhar de Márcio fuzilou o sócio. Ficaram um tempo em silêncio, até que o detetive explodiu:

— Então? Ninguém vai falar? Que briga foi essa, afinal?

Márcio tornou a olhar irritado para Paulo, e disse:

— Uma dessas confusões de boate. Rubens foi abordar um cara que parecia estar dando bola e o sujeito partiu para cima dele.

— O Téo pode contar em detalhes. Ele estava lá e até sobrou para ele. — Paulo não escondeu a excitação que a cena lhe inspirava.

— O cachorrinho de estimação do Rubens — ironizou Márcio.

— Não diga isso! — protestou Paulo, com trejeitos faciais recriminatórios.

— Sempre abanando o rabinho e recebendo um osso — debochou Márcio.

Andrade interrompeu o bate-boca bruscamente, com palmas:

— Ei, ei! Chega dessa briga de travesseiros! O sócio de vocês foi assassinado. Alguém enfiou uma faca nas tripas dele. Como vou descobrir quem foi, se vocês continuarem nessa galinhagem?

Os dois se aquietaram.

— Quero saber de inimigos e não de amiguinhos — insistiu Andrade.

— O Rubens tinha uma vida de solteiro agitada. Mas não tinha ninguém ameaçando, se é a isso que o senhor se refere — disse Márcio.

— Serve um amante ressentido. Vamos lá — instigou o detetive.

— Ninguém que eu saiba — repetiu Márcio.

— Nem eu — completou Paulo.

— Serve também um sócio ressentido. — O olhar de Andrade pairou, acusatório, sobre os dois.

Eles fitaram o detetive, surpresos e ofendidos.

— Como ousa? — disse Márcio, numa voz estridente.

Andrade abriu os braços como um urso raivoso e virou-se para Lurdes:

— Eles dizem que o falecido era um anjinho temperamental, mas não tinha inimigos. O que nos sobra então, inspetora? Os criminosos de sempre. Os que têm a ganhar com a morte de um sócio difícil, irascível.

Você e você são oficialmente os principais suspeitos — bradou, apontando o indicador, do tamanho de um canelone, na direção de cada um deles.

Um pequeno alvoroço teve início. Paulo fechou os olhos e amoleceu na cadeira. Márcio reagiu com ousadia, levantando as mãos crispadas como garras e partindo na direção do detetive.

O ar abafado prenunciava chuva quando Andrade bamboleou para fora do shopping satisfeito. Lurdes seguia logo atrás, preocupada.

— Será que o magrelo vai me processar mesmo, chefe?

— Só porque você torceu aqueles gravetos que ele chama de braços? Nem pensar, inspetora. Você agiu em legítima defesa da autoridade policial. Merece um prêmio. A histeria deles se deve à compulsão que os efeminados têm por óperas. Todos eles pensam que nasceram para ser divas.

— O braço direito dele inchou um pouco.

— Incha e desincha. O que me preocupa agora é como dar continuidade a uma investigação num meio desses. Definitivamente, não sei falar a língua dessa turma, cheia de falsetes. Você notou como ele se contorcia? Às vezes, tenho a suspeita de que os gays têm menos vértebras que nós.

Lurdes refletiu um momento sobre o assunto.

— Acho que não, chefe.

— Não importa. Eu pensei numa coisa. Vou entrar de novo no shopping e dar uma passada na administração para colher informações. Você volta para a delegacia e descobre quem é o herdeiro do Huguinho. Se for o Zezinho ou o Luizinho, o caso está resolvido.

Andrade tornou a atravessar o corredor de lojas e chegou ao átrio central, onde pegou um lance de escada rolante. Enquanto subia, viu a velha coreana, dona da Lavanderia Boa e Rápida, descendo do outro lado. Ela também o viu e começou a gesticular loucamente na sua direção. Velha ingrata, pensou, dando uma banana para ela.

Correu para o outro lance de escada rolante e seguiu assim, na maior velocidade que seu corpo podia suportar, até a administração do shopping. Com as mãos espalmadas, empurrou a porta de vidro e irrompeu na sala, assustando Dirceu, o subsíndico, que lia distraído uma revista. Aposentado, ex-professor de história do Colégio Pedro II, Dirceu havia sido solícito durante as investigações do caso de sequestro do coreano e Andrade acreditava poder extrair dele a verdade sobre a relação entre os sócios da agência.

— Detetive Andrade. Que surpresa! — exclamou Dirceu, fechando a revista. — Sente aqui na minha cadeira.

O detetive passou por ele sem devolver o cumprimento e se alojou na cadeira.

— Correndo atrás de criminosos? — perguntou o subsíndico, diante do estado ofegante de Andrade.

O detetive o examinou, em busca de traços de ironia.

— Já está mais do que na hora de um elevador chegar até este andar. Quando vai ser isso, homem?

— Ah, o orçamento, o senhor sabe.

— Bem, não posso combater os marginais e organizar este muquifo ao mesmo tempo.

Dirceu ajeitou os óculos, ignorando o comentário desairoso.

— A que devo o prazer da sua visita?

— O senhor sabia que plantaram bem debaixo do seu nariz uma base para exploração de atividades homoafetivas? Uma tal de agência Golden Pot?

— Ah, os meninos...

— Meninos? Estão mais para moças. O senhor já entrou naquela espelunca? Viu aquele psicodelismo alucinógeno pelas paredes?

— Esses tempos modernos. Mas quem estudou história a fundo, que nem eu, sabe que o sexo entre iguais sempre teve seu espaço na sociedade. Em Roma...

— Foi assim que os impérios caíram! — clamou Andrade. — Você não vê esse tipo de coisa na China! Olha como eles estão bem.

Dirceu sentou-se numa cadeirinha que estava a um canto. Ficava feliz de ter alguém para conversar fiado.

— A Europa no entreguerras também era uma sociedade aberta ao homossexualismo.

Andrade o fitou com um olhar arrogante e sábio.

— O motivo é simples: na guerra sobrevivem os que têm inclinação para a boiolagem porque escapam de servir o exército. Quando a guerra acaba, eles estão em maior proporção. Depois, a genética volta a mandar na estatística. Não se lê a teoria da evolução em escola pública?

A ofensa indireta ao ensino no Colégio Pedro II, a dedicação de sua vida, atingiu Dirceu em cheio.

— Eu sou velho, mas sou moderno. Minha própria neta...

Andrade arreganhou os dentes, num sorriso bizarro.

— Sua neta estudou em escola pública?

— Não... não — tartamudeou Dirceu.

— Então, não se fala mais nisso. Eu vim aqui para discutir assuntos policiais. O assassinato de um dos sócios da agência Golden Pot. O senhor o conhecia?

Dirceu coçou o cocuruto.

— Conhecia, sim. São uns rapazes muito educados, prestativos.

— Sei. Educados por avós. E o sócio principal, Rubens, o que foi assassinado. O senhor conhecia?

— Conhecia menos. Um mais magrinho, bem calado, Márcio, eu acho, é que vinha aqui tratar dos assuntos administrativos.

— Eles estão devendo alguma coisa?

— Não. Pontualíssimos. Eu mesmo intermediei o aluguel do proprietário para eles.

— O senhor tem uma corretora de imóveis?

Dirceu se contorceu na cadeira.

— Não, não. Só ajudo proprietários conhecidos.

— Não tem Creci nem nada, não é? Fazendo um bico. Imposto zero.

Dirceu retesou-se, incomodado.

— Não é nada disso. O senhor sabe da minha correção. Sou um aposentado inatacável.

Andrade dirigiu a ele um sorriso superior.

— Calma, seu Dirceu. As autoridades sabem que, do jeito que estamos, certas contravenções devem ser ignoradas, em especial quando têm origem em cidadãos que colaboram com a força policial.

— Não é disso que se trata. Eu jamais soneguei impostos. Sempre fui assalariado.

Andrade abanou a mão.

— Nunca é tarde para começar, não é? Mas não se fala mais nisso. Então, pelo que o senhor sabe, os sobrinhos do Pato Donald não atrasam nada, não é?

A porta se abriu e um baixinho agitado, uniformizado, entrou falando:

— Seu Dirceu, tem uma fofoca rolando...

Walberto, o porteiro-chefe do condomínio, estacou ao identificar Andrade. Durante o caso dos orientais, o contato com o detetive havia sido difícil, mas excitante. Ele disse, hesitante:

— Desculpe, eu volto outra...

Andrade ergueu a mão:

— Nada disso. Prefiro que você fique e termine a história.

— Que história?

— A fofoca.

— Esqueci.

— Quer lembrar na delegacia?

Walberto ficou lívido.

— É só que viram dona Sandra, que trabalha na massagem, saindo com Minu, a atendente da loja de celular.

Andrade bufou.

— Não tenho tempo pra isso, paraíba folgado. O que eu quero saber de você são informações sobre o trio que comanda aquela agência de viagens para moças bigodudas.

Walberto se animou. Informações eram a sua especialidade.

— Gente fina. Todo mundo ficou triste com o que aconteceu com seu Rubens.

— Quem apagou o cara?

— E eu sei? Deve de ser coisa de ciúme. Ele era bem variado.

— Veado, você quer dizer.

— Era e não era, num sabe? Gostava de variar.

— Cortava nas duas? — perguntou Andrade.

— Isso! É o que dizem, eu mesmo nunca vi.

— Me diz algo novo. *Quem* dizem?

— Ah, na roda de porteiros. Um conta uma história, outro lembra de um caso, vai somando...

— Vocês só não fazem trabalhar, não é mesmo?

— É intervalo. O sindicato...

— Só me faltava um paraíba comunista.

— Pernambucano — corrigiu o porteiro, se esticando.

As bochechas de Andrade estremeceram de impaciência.

— E o que mais você sabe desses sujeitos? Brigas com sócios, clientes, namorados.

Walberto olhou para Dirceu, como se quisesse autorização para dizer algo. Andrade acompanhou a troca de olhares.

— Esconder informações é crime. Isso serve para os dois.

Dirceu tomou a palavra.

— Foi só uma vez. E um pequeno entrevero, coisa de sócios. Aquele mais gordinho bateu boca com o que veio a falecer. Alguns lojistas reclamaram. Só isso.

— Foi um arranca-rabo dos diabos. Mas só no gogó — completou Walberto, novamente animado.

— Vocês sabem o motivo?

Dirceu ergueu os ombros.

— Nem houve queixa, detetive.

— Acho que foi coisa do casamento do seu Paulo — soltou o porteiro.

— O casamento do Bolinha é de fachada? Pra inglês ver?

— Dizem que não. Dizem que ele traiu a raça.

— Você é pequeno, mas devia saber disso. Não existe ex-crioulo, nem ex-condenado, nem ex-gay. Depois que chegam lá, ficam lá. Não levam a vida como você, que passeia em ônibus circular aos domingos. É que nem seus amigos que vêm de longe: quando chegam ao ponto final, estão em casa.

Dirceu já havia se acostumado às analogias complicadas de Andrade, mas Walberto ainda se surpreendia.

— Ahn?

Andrade o fitou, enfezado.

— O dia em que você tomar coragem, eu conheço uns celerados que podem te levar nessa viagem. Vamos! Termina de dizer o que você sabe, que já estou de saco cheio da sua conversa.

— É que na roda de porteiros já apostaram que ele virou homem. Casadinho e respeitador.

O detetive bateu com as mãos na mesa, aproveitando o impulso para se erguer.

— Pra mim chega. Aviso aos dois: quero informações sobre esse trio. Com quem eles andam, de onde veio o dinheiro para montar a agência, com quem brincam de boneca, tudo. Vou voltar aqui em breve. Estão avisados!

Dirceu se levantou agitado.

— O senhor tem tempo para um cafezinho lá embaixo?

— Não.

Depois de tanto tempo em meio à atmosfera daquele shopping, Andrade concluiu que ir direto para casa era o único caminho para reconquistar o equilíbrio necessário à solução do caso. Gastou a tarde em seu apartamento, tentando levar Dó à loucura, sem sucesso. A contenda havia sido interrompida pelo almoço, costeletas bem fritas, acompanhadas por torresmo, tutu, couve e arroz soltinho. Foi impossível evitar a cerveja gelada e a lombeira que veio em seguida.

Andrade acordou com uma azia dos diabos e foi atrás de um sal de frutas na prateleira de remédios que ficava na cozinha. Ideia de Marta, a falecida mulher, que não suportava ter no banheiro sinais de doença. Exibia saúde até o dia em que um playboy e seu carro importado a libertaram das futuras doenças. A baixinha já havia saído para render homenagens à miséria cultural onde vivia e não havia com quem Andrade dividir seu mau humor. Enquanto engolia o antiácido, decidiu dar andamento à investigação, ir bater na porta da boate onde ocorrera o assassinato e ver se podia obter algum alívio para o mal-estar que sentia. Antes jantaria o que Dó havia deixado na geladeira: sanduíches de rosbife e batatas assadas. Depois, sim, estaria pronto para sair. Queria chegar na hora em que a boate estivesse em pleno funcionamento, para poder sentir o ambiente.

A boate ficava nos limites entre Copacabana e Ipanema. Os letreiros sobre a entrada piscavam em várias cores atraindo um público moderninho, que vestia roupas apertadas, alguns com brilhos, outros com cores. Na fila de entrada, o detetive atraiu imediata atenção, menos pela visão de seu corpanzil em movimento ondulatório na direção do segurança do que pelos trajes que vestia:

tênis de corrida, calça cáqui e camisa de manga curta folgada, uma combinação que denunciava, aos olhares do grupo que se espremia na porta, uma alma suburbana.

Sem dar atenção à fila, o detetive aproximou-se do leão de chácara com sua carteira policial em punho. O homem abaixou a cordinha e o deixou passar.

— Seu nome? — o detetive rosnou, parando antes de entrar.

— Betão — disse o segurança, tornando a fechar a cordinha.

— Foi você que encontrou o cadáver na semana passada?

— Não, não. Foi o Marcão.

— E quem é que organiza a suruba aí dentro?

— Seu Alan é o sócio que fica na noite. — O segurança deu um sorriso.

Andrade fechou a cara.

— Isso é uma investigação de homicídio, rapaz. Um jovem empresário foi surrado aí dentro. Uma semana depois ele volta aqui e é assassinado no beco ao lado...

Algumas pessoas na fila começaram a se assustar com a conversa e o tom das palavras de Andrade.

— ... então, é justo supor que os primeiros suspeitos são os seguranças. Amanhã minha colega inspetora vem aqui pegar seu depoimento, ok, Betão?

— Sim, senhor — respondeu apressado o leão de chácara.

O detetive cruzou a entrada e se viu num espaço dividido em dois amplos ambientes: um bar e uma área de dança cercada por mesinhas. O barulho e a multidão na pista de dança o afastaram para o bar. Agarrou o braço do primeiro garçom que passava, obrigando o jovem a fazer um esforço considerável para equilibrar a bandeja.

— Que é isso? — reclamou o garçom.

— Polícia — disse Andrade, largando o braço do garçom. — Onde está o chefe deste antro?

— Lá em cima. — Apontou para uma escadinha.

— Me arrume uma mesa e vai chamar seu chefe. Diz que o detetive Andrade está aqui e precisa falar com ele.

Andrade seguiu o garçom até uma mesa vazia e se sentou. Poucos minutos depois, um homem de seus quarenta e poucos anos, todo vestido de preto, apareceu. Tinha uma expressão decidida no rosto fino, de olhos salientes, e passava, repetidas vezes, as mãos sobre os cabelos escuros, num gesto que o detetive logo associou a drogas pesadas.

— Boa noite, detetive. Eu sou o proprietário, Alan. — Ele estendeu a mão e sentou-se diante de Andrade.

— Boa noite, senhor Alan. — Andrade passeou o olhar pelo ambiente, enquanto cumprimentava o dono da boate. — O senhor tem um belo negócio aqui.

— É... tá bombando. — Alan mordeu o lábio inferior, orgulhoso.

— Fico feliz. O que a cidade precisa é de empreendimentos deste tipo, que ofereçam entretenimento saudável para jovens trabalhadores esgotados pela labuta diária.

O sorriso de Alan esmaeceu-se no sarcasmo do detetive.

— A garotada quer se divertir, relaxar, detetive. Nós oferecemos isso com segurança.

— Espancado e morto — resmungou o detetive.

— Como assim? — indagou o proprietário, sem entender.

Andrade estufou o peito, lançando-o sobre a mesinha redonda que o separava do homem.

— Como assim? O senhor acha mesmo que o rapaz que foi espancado e morto na sua boate concorda que estava seguro nela?

— Ele não morreu aqui — corrigiu Alan, sobranceiro.

— Mas morreu aqui do lado. Não me venha com subterfúgios. A solução do caso está aqui, entre seus clientes e empregados. Você conhecia a vítima?

Apesar da vontade de esculachar o meganha, Alan adotou uma postura cuidadosa.

— De vista. Ele vinha bastante aqui com os amigos.

O detetive examinou o homem parado à sua frente. Não precisava de muito para identificar um desqualificado.

— A sua boate é um ponto de encontro de desviados, não é?

A afronta tirou Alan da zona de conforto.

— Ei, calma aí, detetive. Eu não faço distinção de cliente. Cada um sabe da própria vida. E não seria legal, não é? Proibir gays de entrar na boate.

— Quem falou em proibir? Mas, se você estimula a coexistência entre vários sexos, tem a obrigação de garantir que seja pacífica. É sua responsabilidade.

O garçom surgiu com uma garrafa de vinho e um prato de queijos, captando a atenção de Andrade. Alan serviu duas taças e passou uma delas para o detetive. Ergueu um brinde silencioso. O detetive pegou a taça, com a sensação incômoda de que o outro relaxava. Deu um longo gole, analisando o rótulo da garrafa. O vinho era francês e muito bom.

— Detetive, nós estamos no mesmo barco que o senhor. Um assassinato perto daqui nunca será uma boa propaganda. Vamos ajudar no que pudermos — disse, solícito, abrindo espaço para a camaradagem.

— Não poderia ser diferente — resmungou Andrade, passando um queijo leitoso sobre uma torradinha. — Tenho certeza de que vamos ter uma agradável cooperação — disse, mastigando com deleite.

— O que o senhor quer saber?

— Tudo o que puder me contar sobre esse Rubens, a vítima, e a briga em que ele se meteu.

— Ele brigou com uma turma de academia, foi o que o gerente me disse, eu não estava na hora. Acho que ele confundiu um cara com um amigo e chegou com muita sede ao pote. O cara não era bicha e o pau comeu.

— Quem foi o sujeito que começou a briga?

— Falei com todos aqui, mas ninguém se lembra. Só sabem que era de um grupo de uma academia de lutas que fica num shopping do bairro.

— Num shopping?

— É. Princesinha do Mar. Ali...

Uma sensação de ultraje atingiu o detetive. Mais uma vez aquele shopping vazando a lama que cabia a ele limpar.

— Eu sei onde fica esse antro. Os quarenta ladrões se esconderam ali no passado. Hoje se multiplicaram.

— Pois então. É lá que o senhor vai achar a solução, não aqui.

Um pouco de vinho da taça de Andrade caiu sobre o sofá, desmanchando o sorriso de Alan. O detetive continuou a balançar a taça como um sommelier de novela.

— É, tenho que reconhecer que o senhor administra seu negócio de maneira correta.

— Vai ser sempre um prazer receber o senhor aqui — disse Alan, com os olhos fixos na taça.

— A que horas chegam os funcionários? Talvez amanhã minha inspetora passe aqui para colher depoimentos deles, esclarecer detalhes.

— A partir das quatro, é quando eles começam a chegar. Melhor às cinco.

Andrade encheu uma segunda taça.

— E sobre a noite do assassinato. O senhor viu o morto?

— Eu o vi, vivo, aqui, conversando com um amigo dele que frequenta muito a boate. Desse eu sei o nome: Téo. Mais tarde, vi Téo falando com um cara, um moleque de academia. O tal de Téo pegou o celular do moleque, algo assim. Logo depois o moleque saiu da boate e em seguida Téo foi embora.

— Foi na hora do crime? — perguntou o detetive.

— Acho que foi mais ou menos na hora.

— Você viu muito, não é? — sugeriu o policial.

— É que um segurança havia me apontado esse moleque de academia como participante da briga da semana anterior, por isso fiquei de olho para ver se ele estava aprontando alguma. Estranhei que ele estivesse falando com Téo. Enquanto estiveram aqui, fiquei de olho neles.

— Téo? Conheço esse nome.

— Pequeno, magrinho, agitado — descreveu Alan.

— Lembrei. Ele é traficante de drogas?

— Não sei, detetive. Eu oriento os seguranças a expulsar se virem alguém usando ou traficando. Mas se usou antes de entrar...

— Sei.

O detetive deu um grande gole no vinho e fez menção de se levantar.

— Detetive, posso garantir ao senhor que fazemos o possível para manter a boate livre de drogas e problemas. O senhor sabe melhor do que ninguém como essa cidade é complicada. Às vezes entra cada tipo aqui...

A frase tocou o ponto fraco de Andrade. Ele tornou a se sentar.

— O senhor não imagina os tipos com que tenho de lidar. A cada caso fico mais estarrecido com essa mixórdia — apontou a multidão que dançava a distância. — Como se pode permitir que gente sem instrução, sem equilíbrio emocional, eduque uma criança? Dá nisso. — Apontou de novo para a multidão.

— Alguns testes poderiam ajudar — sugeriu Alan, divertindo-se com o ponto de vista do detetive.

— Uns testes, não! Um casal que quisesse ter filhos deveria ser rigorosamente avaliado. Como se pode ter vigilância sanitária para os frangos que vão para a mesa do consumidor e não ter nenhum controle para as crianças que serão jogadas entre nós — disse o policial.

— A Sony testa cada TV que vende — comentou Alan, sorridente.

Ao sentir a ironia, Andrade voltou a se erguer.

— O senhor pode achar engraçado, mas não vai gostar quando um dia for esfaqueado ao sair da sua boate.

— Eu acho que o senhor tem razão, detetive... — desculpou-se Alan, levantando constrangido.

— Sei. Aguarde uma batida policial nesta espelunca — disse o detetive, dando as costas e rumando para a saída.

Com palavras amáveis, Alan seguiu Andrade, mas o detetive varou a porta e ganhou a rua, sem lhe dar atenção. Lá fora, continuou na direção de Copacabana, com a esperança de encontrar um desavisado pelo caminho. O playboy da boate estava ironizando suas ideias. Amanhã mesmo convocaria alguém para lhe dar um susto. Assim, aquele sujeito passaria a valorizar uma opinião que não vinha lambuzada com cocaína e bebida.

Dentro da banheira, já entregue ao suave torpor da água quente, Andrade continuou a ruminar pensamentos eloquentes contra a desfaçatez de todos que não viam a produção serial e descuidada de gente no mundo. Os padres, boicotando o controle de natalidade; as tevês, incentivando o sexo juvenil; os governos, permitindo o funcionamento de antros de acesso ao crime. A lista não tinha fim.

Adormeceu, imaginando que um dia estaria aposentado, num lugar de gente decente, longe de Copacabana.

4

As batidas na porta do quarto soaram como trovões. Andrade rolou atabalhoadamente para a beirada da cama e sentou-se, com o coração aos pulos.

— Quem é? — gritou com a consciência assomando.

— Já tá no meio do dia. Pensei que o senhor tinha morrido.

O detetive passou a mão pelo rosto, mais tranquilo agora. Era apenas a baixinha.

— Quem mandou você me incomodar? Passei a noite em claro combatendo seus colegas migrantes. Preciso dormir.

— Já vi que tá vivo e não melhorou nada — retrucou Dó, de fora do quarto.

— Vá fazer alguma coisa que sua educação permita. Conversar não é uma delas — berrou Andrade de volta.

Ergueu-se devagar, a cabeça latejando. Na noite anterior, ao sair da banheira para ir dormir, havia passado antes na cozinha para uma última taça de vinho. Queria comparar seu vinho argentino com o francês que havia tomado com o playboy da boate.

Sob o chuveiro, deixou a água quente acalmar seu espírito. Em meia hora estava na cozinha, defronte a Dó, que cozinhava, andando de um lado a outro como uma formiga gigante.

— Você tem que conter sua falta de educação, mocinha.

— Eu não queria ficar trabalhando com um morto no quarto.

— Morto? Eu ainda vou carregar seu caixão para a cova de indigentes. Meu trabalho não tem hora, como o seu. A diferença é que trabalho muito, e passei a noite investigando um crime.

— O senhor devia achar uma moça direita, na internet. Em vez de passar a noite em boate.

— Como sabe que eu fui a uma boate?

— Não é onde se entoca sua noiva?

— Mais respeito com dona Suely, figura minúscula. Ainda vai precisar de mim para soltar a quadrilha que anda trazendo do sertão.

— É gente honesta. Família. Mas o senhor não conhece, fala da boca pra fora. Num ouço.

Andrade bufou e se dirigiu à sala.

— O que você preparou para o almoço? Acho que não vou ter tempo de comer em casa — disse de lá.

— Perna de cabrito com batata dourada e arroz temperado. Mais salada de canto.

Andrade suspirou diante do uso peculiar que a empregada dava às palavras.

— Já vi que vou ter que me atrasar, para não desperdiçar a comida.

— O senhor pode ir que num deixo desperdiçar — disse ela, aparecendo na soleira.

— Sei. Você leva pro seu barraco e dá pra alcateia. Eu vou almoçar aqui e pronto — rosnou.

Era meio da tarde quando Andrade aportou na delegacia. Lurdes estava mergulhada numa papelada, absorta. O detetive foi direto pegar um café. Trouxe um para a inspetora.

— Parou de fumar?

Ela ergueu os olhos.

— Tô parando, chefe.

— Acredito.

— É sério.

— Sei. Problema seu. Só não quero que vire meu problema. Não vou correr atrás de moleques porque você não tem fôlego. Mas tenho novidades do caso. Ontem à noite fui à boate onde ocorreu o crime.

— Não me chamou, chefe?

— Não era um bom lugar para uma moça decente — respondeu seco.

Ela sorriu, reconhecendo sinais de cuidados paternos.

— O dono tentou me cegar com bebidas caras e conversa fiada, mas pode denunciá-lo à Delegacia de Entorpecentes: o lugar é um covil de drogados e sediciosos. Importa que consegui o nome do lugar onde se entoca o nosso suspeito.

— Quem?

— O nosso suspeito. O sujeito que brigou com a vítima e depois a matou. Foi difícil, a turma daquela boate é torta e escorregadia como o dono, mas tenho o endereço do criminoso. Ou criminosos. É uma academia de luta, instalada na caverna de maribondos, chamada Princesinha do Mar.

— No shopping? Mais isso?

— E você ainda se surpreende? Eu já te disse, devíamos montar guaritas naquelas entradas. Os criminosos da cidade passam por aquele shopping a toda hora. É onde praticam, planejam e gastam o produto de seus crimes.

A academia ficava em uma das esquinas do shopping. Ocupava uma boa área no térreo e também na sobreloja. Musculação e aeróbica organizados embaixo e um espaço destinado ao aprimoramento da defesa pessoal no andar de cima.

— Defesa pessoal — zombou Andrade. — A lista de alunos pode servir de cadastro para o sistema penitenciário.

Passados dez minutos, o detetive e Lurdes ainda tentavam arrancar do gerente da academia um nome vinculado à briga na boate. O detetive já havia ameaçado o homem — um ex-lutador, de olhos muito redondos e voz anasalada — com todo o seu repertório: bombeiros, defesa civil, vigilância sanitária, e nada conseguira. Por fim, Andrade deixou-o conversando com Lurdes, mais familiarizada com aquele tipo de ambiente, e foi investigar o lugar. Percebeu, com respeito, que as diversas pessoas ali, a maioria jovens, dedicavam-se com afinco ao seu aparelho de musculação, sem conversas e sem a atenção de professores, que pululavam nas academias elegantes. Em sua opinião, personal trainers não passavam de gigolôs autorizados socialmente a explorar senhoras entediadas e ninfomaníacas mais jovens. Ouviu um baque surdo vindo do andar de cima. Caminhou até a escada e subiu, chegando a duas salas grandes onde um punhado de homens se agarrava com sofreguidão. O detetive observou com desgosto aquele espetáculo romano. Via como um impulso natural feminino agarrar-se a homens.

Com cuidado, examinou cada um dos lutadores. Um deles atraiu sua atenção pelas contusões no rosto. Imaginava que nos treinos eles evitassem bater no rosto alheio. Era coisa de briga de rua. Ou de boate.

Assim que o rapaz parou de lutar e se encaminhou para a porta, Andrade cambaleou em sua direção.

— Bom dia, meu jovem.

O jovem estacou, mirando o detetive de alto a baixo, como se procurasse um ponto fraco. Em seguida, abriu um sorriso feroz.

— Dá licença — disse, autoritario.

Andrade abriu sua carteira de policial.

— Investigação de homicídio. Você escolhe. A gente conversa aqui ou na delegacia.

O jovem fechou o punho ao lado da cintura. O detetive deu um passo rápido para trás e tocou na arma.

— Pra morrer, basta bancar o herói, menino — disse numa voz gutural.

Os dois se encararam. Lurdes e o gerente chegaram nesse momento. Vendo a situação estranha, a inspetora puxou sua arma e empurrou o gerente para o lado do jovem.

— Resistência à prisão, chefe? — perguntou ela com a arma apontada para os dois.

— O menino é daqueles que gostam de homoabraçar, inspetora. Tá só se fazendo de difícil. Numa cela, bem acompanhado, vai dormir enroscadinho.

O rapaz tremia de ódio, mas não ousava se mexer.

— Que absurdo é este? — reclamou o gerente, sem entender.

— Esse seu cliente é suspeito de um crime — afirmou Andrade. — E tentou obstruir o trabalho policial.

— O que houve, Mauro? — perguntou o gerente.

— Esse policial aí. — Abriu o punho para apontar para Andrade. — Não sei o que quer de mim. Achei que era uma trampa.

Os quatro se mantiveram em silêncio, enquanto organizavam o pensamento.

— Vamos ter calma — disse o gerente, erguendo as mãos em gesto pacificador.

— É ele o brigão, chefe? — perguntou Lurdes, com a arma passeando do gerente para Mauro.

Os alunos que treinavam começaram a parar de lutar e a se chegar. Andrade tirou sua arma.

— Vocês aí! Melhor ficarem onde estão pra manter a saúde, porque isso aqui é um assunto policial. Vamos lá para baixo — disse Andrade para os três.

Lurdes fez um sinal para que o gerente descesse com o jovem e seguiu atrás. Claudicando, Andrade foi o último a descer os degraus.

— Não precisa disso tudo, detetive — disse o gerente. — Ninguém aqui é bandido. O Mauro é advogado.

— E vou processar vocês dois — retrucou Mauro, enfrentando o olhar difuso de Andrade.

Entraram numa salinha, e o detetive arriou numa cadeira. Os demais ficaram em pé. Andrade guardou a arma. Lurdes também.

— Vocês sabem que as mãos de um lutador são armas perante a lei, não é? Numa academia, eu posso atirar em legítima defesa.

— Você é doido! — exclamou Mauro. — Eu estava treinando, de repente chega esse cara — Mauro se virou para o gerente — e começa a me encarar.

— Não se faça de esperto, menino, porque você não é. Tenho testemunhas que viram você brigando com um rapaz chamado Rubens, que acabou sendo assassinado.

— Nem sei quem é esse Rubens.

— Você não brigou na boate?

— Na boate? — Pensou um pouco. — Foi. Briguei. Com um maluco que veio me pegando e recebeu o que estava pedindo. Um veado abusado.

— Não é um exagero? Você estava se pegando com outro cara ainda agora e parecia satisfeito.

— Tá me chamando de veado? — Mauro se levantou com uma expressão homicida.

Andrade pegou a arma de novo, enquanto Lurdes se postava em posição de luta.

— Por favor, vamos ficar calmos. Mauro, o detetive não xingou você. Calma! — pediu o gerente.

— Se esse cara não estivesse armado, ia levar uma porrada — ameaçou Mauro, falando com o gerente e ignorando o detetive.

Andrade se levantou e começou a andar arrevesado para a porta de saída.

— Lurdes, vamos levar esse delinquente vitaminado para a delegacia. Daqui a dois dias ele desincha e vamos apresentar o moço para bandidos de verdade. — Andrade olhou para os dois. — Do tipo que gosta de garotos fortes.

Pela primeira vez, uma sombra de medo cruzou os olhos de Mauro.

— Eu estou colaborando — resmungou o jovem.

— Responde logo o que o detetive quer saber — ordenou o gerente, ficando impaciente.

— Qual foi a razão da briga na boate?

— Já disse. O veado chegou com intimidades, cochichando e pondo a mão. Mandei uma porrada nele. Aí virou confusão.

— Vocês se conheciam?

— Nunca tinha visto.

— Você estava sozinho? — perguntou Lurdes.

— Com um pessoal aqui da academia.

Andrade começou a suar. O ar condicionado era insuficiente, e o cheiro desagradável de gente suada impregnava o ambiente.

— E no dia em que o rapaz foi assassinado? Você estava com quem na boate? — questionou Lurdes.

— Eu não voltei à boate depois da briga.

— Qual o seu álibi para o dia do assassinato? — insistiu Lurdes.

— Não sei quando foi.

— Então como sabe que não estava na boate? — terveio Andrade.

— Porque ele não voltou mais lá — explicou o gerente.

— O senhor não se meta! — bradou Andrade. — Isso é atitude de cúmplice.

— Eu só estava...

O ar, abafado, já havia ultrapassado o ponto de saturação. Andrade ergueu-se, iracundo.

— Inspetora, fique aqui e extraia o álibi destes dois e a lista de clientes deste campo de treinamento de malfeitores. Eu vou conversar com os órgãos de saúde e segurança da cidade e do estado para ver no que podemos enquadrar esta pocilga. Isto não é uma academia, é uma universidade especializada em preparar criminosos para o confronto com a lei.

O gerente se levantou revoltado:

— O senhor não tem esse direito — disse o gerente, mal contendo o ímpeto de partir para cima de Andrade.

O detetive fitou-o com ar tranquilo.

— Tenho. Eu sou a lei — sentenciou, dando-lhe as costas.

Ao perder de vista o shopping, Andrade reduziu a velocidade em que andava. Aquela construção parecia irradiar ondas criminais por sobre a cidade. Agora descobrira que funcionava ali um centro de treinamento para jovens criminosos. O que mais faltava àquele monstro de concreto? O gerente e o jovem matador agiram como se estivessem numa embaixada, numa área diplomática, fora do alcance da lei. O jovem tentara enfrentá-lo, com a ajuda de seus comparsas de treinamento. Como é possível a polícia combater o crime se as autoridades permitem que os bandidos sejam treinados debaixo de seus narizes?

Andrade deu um suspiro tão alto que um menino que passava se desprendeu da mãe e correu apavorado. O detetive revidou com desdém o olhar da mãe do cabritinho assustado. Como último bastião de uma sociedade que aos poucos ruía, Andrade estava cansado. Decidiu seguir para casa.

Ao entrar no apartamento, o detetive foi tomado por ruídos feéricos que se assemelhavam aos de uma unidade fabril. Água corria, uma batedeira funcionava a pleno vapor e um esfregão chicoteava o assoalho. Tudo proveniente da cozinha, e resultado da atividade incessante da minúscula Dó. Aquilo só podia ser uma provocação, no momento em que ele mais precisava de silêncio.

— Você não pode trabalhar com um pouco mais de discrição. Isto não é a favela, temos vizinhos decentes.

Dó assomou à soleira, apoiada no esfregão.

— Quem? O neto drogado aqui debaixo ou a mulher que recebe os amigados quando o marido viaja, aqui de cima. Ou aquele do lado...

Andrade parou no meio da sala. Esticou o dedo roliço na direção dela.

— Contenha-se, sua fofoqueira. As pessoas têm direito à privacidade. Isto aqui não é o sertão onde você foi criada, nem a comunidade onde está instalada.

— Bem criada, sim senhor.

— Sei. Pelo pai, pela mãe e pelos calangos. Olha aqui, eu estou no meio de um caso dificílimo e preciso pensar. Vou para o escritório. Só me chame quando o almoço ficar pronto.

— Eu vou tentar. Mas num sei se o senhor sabe que trabalho faz barulho. Comer e dormir faz menos.

— Hobbit sertanejo — retrucou o detetive, afastando-se no seu andar oscilante.

Andrade trancou a porta do escritório com receio de que a maluca viesse atrás dele. Ali, jogou-se na poltrona confortável que ladeava a escrivaninha. Olhou para a parede, onde jazia um quadro branco. Agora que se sentara, a ideia de escrever os pontos do caso lhe parecia distante. Melhor alinhavar na cabeça. Até ali, o caso parecia simples. Um pit bull de butique é assediado por um gay assanhado numa boate em que ambos frequentam. Brigam. Voltam a se encontrar uma semana depois, e ele não aguenta: mata o gay. Muito simples. Podia imaginar a motivação: seus companheiros de academia sussurrando no ouvido do brigão "amiguinho de bichas" enquanto rolavam com ele pelo tatame. A dúvida sobre a própria masculinidade, que devia assombrá-lo desde que decidiu agarrar outros homens por esporte, explodiu, incontrolável, na direção daquele que havia optado pelo homossexualismo explícito, o tal Rubens. Bastaria confrontar o pit bull com a própria homossexualidade e ele saltaria do armário, numa crise de choro, confessando o crime, onde inveja e desejo estavam fatalmente misturados. Caso resolvido.

Andrade cochilou, enquanto ruminava a relação entre a expansão do homossexualismo e a difusão das artes marciais. No início de tudo, a esgrima: dois homens, numa dança de acasalamento, se debatendo para enfiar a espada um no outro.

O detetive almoçava um picadinho com farofa, couve, arroz com linguiça picada e dois ovos moles, quando o nome de Lurdes surgiu na tela do seu iPhone chinês. Agarrou o aparelho com uma das mãos enquanto abria o cinto com a outra.

— Diga, Lurdes.

— Você virá à delegacia, chefe?

— Estou fazendo a ronda dos informantes. Passo mais tarde. Novidades?

— Peguei a lista de clientes. Deu um trabalhão. Eles não têm a lista no computador. Tive que copiar daquelas fichinhas.

— Fez bem. Eles são do tipo que dificultam o acesso aos dados. Escondem muita sujeira. Levanta os antecedentes de cada cliente. Quem sabe não identificamos uns foragidos?

— São mais de duzentos nomes, chefe. — A voz de Lurdes estava carregada de lamúria.

— A melhor maneira de evitar um trabalho chato é fazer rápido.

Andrade desligou a chamada, em meio a um arroto poderoso.

— Tem mais alguém aí? — perguntou Dó da cozinha.

— Não se faça de engraçadinha. Essa comida gordurosa que você prepara tem consequências — respondeu alto.

O detetive andou com as calças meio arriadas até o banheiro, entregando-se a um momento de paz.

Lurdes estava debruçada sobre duas listas, comparando-as, quando Andrade chegou, trazendo uma xícara de café para ela. O salão dos investigadores estava vazio.

— O que houve aqui? Decidiram sair para trabalhar?

Lurdes ergueu a vista.

— Oi, chefe.

Ela olhou ao redor.

— O delegado pediu que o pessoal fosse pra rua, para acompanhar a manifestação contra o aumento das passagens.

— A passeata não é no centro?

— O delegado disse que pode transbordar para Copacabana. Que precisamos ficar atentos.

Andrade balançou-se na cadeira, satisfeito com o silêncio que o circundava.

— Homenzinho idiota, esse delegado. A bandidagem do bairro não vai deixar esses manifestantes ocuparem o espaço deles. Cada carro queimado, cada loja saqueada é menos um item para ser roubado.

— Mas e o quebra-quebra no centro da cidade?

— Financiamento de campanha. Bandido só quebra pra poder levar algum. Político fora do poder é que gosta de baderna.

— O senhor acha...

— Eu acho, não. Tenho certeza. Nós fomos hoje de manhã ao shopping, não fomos? Vimos o setor de treinamento desses marginais.

— Mas...

— Não tem mas, Lurdes. Aquele shopping é o Pentágono do Crime. Os bandidos não vão deixar uns desocupados fazer bagunça perto da casa deles.

— O delegado...

— Não quero mais discutir o assunto — disse Andrade, quase apoplético. — O que você está fazendo agora?

Lurdes baixou os olhos para as listas.

— Tentando casar os clientes da academia com bandidos procurados.

— Deixa isso pra lá. Nossa prioridade é elucidar esse crime torpe e impedir que a intolerância grasse livremente. O que você descobriu depois que saí?

— Não muita coisa. A academia é bem antiga, já tinha até ouvido falar nela. O gerente, Antunes Santos, foi um visionário, um dos primeiros a tentar misturar as artes marciais. É muito legal e sério.

— Sei. E o brigão?

— Ele é meio estourado, mas o gerente me disse que nunca se meteu em confusão. Falou que o cara é muito social, cheio de amigos na academia. Depois que a conversa terminou, eu saí, fiquei de tocaia e segui o suspeito até uma imobiliária aqui perto. Ele trabalha lá. Peguei também o endereço da casa dele.

Andrade se deteve, a observá-la. A calmaria que reinava na delegacia vazia estimulava a generosidade do detetive.

— Bom trabalho, garota. Nós já temos nosso suspeito. É hora de manter vigilância cerrada sobre ele.

De repente, a figura do detetive ganhou movimentos erráticos, braços abertos à meia altura, a cabeça pequena gingando. Um contorcionismo estranho que o assemelhava a um goleiro na hora do pênalti, ou a um jogador de basquete na defesa.

— É o momento de cravar os dentes nele e não largar até termos as provas do crime. Na hora da saída do trabalho do suspeito, você vai segui-lo. Quero você na cola desse desencaminhado até ele ir pra cama. E prepare o estômago, porque pode ter que ver coisas desagradáveis. Esses desviados adoram expressar as emoções de forma chocante.

— Como assim, chefe?

Os olhos miúdos de Andrade procuraram no ar um exemplo.

— Na hora de comer uma sobremesa, por exemplo. Uma banana com creme. Reviram os olhinhos, chupam a banana, se lambuzam de creme, passam a língua...

Lurdes interrompeu, afrontada:

— Tá bom, chefe. Deixa comigo. Hoje não desgrudo dele.

Andrade arranhou a barba por fazer, contente com o alerta passado.

— Ossos do ofício, inspetora. Vou falar com o delegado, antes que ele saia pra uma dessas passeatas para protestar contra a brutalidade policial.

O delegado só o recebeu meia hora depois, tempo em que o detetive passou entretido com uma revista de palavras cruzadas.

— E as ruas, comissário?

— Comissário anda nas nuvens, rebolando com pó de arroz no rosto. Eu ando nas ruas, pelejando com os animais urbanos.

— E as ruas, detetive? — insistiu o delegado, impaciente.

— Sujas como sempre, delegado.

— Estou me referindo à população, Andrade.

— Eu também, Otávio.

O delegado conteve a ânsia de arrancar aquele cérebro preguiçoso para examinar o que tinha de errado, e buscou uma estratégia de não confrontação.

— As manifestações estão incomodando a Secretaria de Segurança. Ontem, na Cinelândia, houve confronto. Os manifestantes tentaram invadir a Assembleia Legislativa.

O detetive ouviu a história sem demonstrar interesse.

— Aquilo devia ser desapropriado como área improdutiva. Nunca tem ninguém lá mesmo. Eu, por mim, fico feliz que tentem. Enquanto estão quebrando o Centro, não estão assaltando em Copacabana.

O delegado ajeitou os óculos e disse didaticamente:

— Essas manifestações sem pauta são as mais preocupantes. Mostram que a insatisfação é geral e abrangente. E contra o próprio sistema que nos cabe defender. O sistema democrático. A polícia precisa estar nas ruas para ouvir e entender essas novas vozes.

— Sei — resmungou Andrade.

O delegado o fitou sem esperanças.

— No que você acredita, Andrade?

— Que me pagam para prender quem descumpre a lei. Se fosse para gostar das vítimas, meu salário tinha que ser muito maior.

Otávio balançou a cabeça.

— Então, vamos lá. O que você quer?

— Saber se vai haver aumento de verdade, ou é só o cascalho de sempre?

— Meu deus, comissário...

— Detetive.

— ... o aumento é só daqui a quatro meses. Nem começaram as negociações.

— Eu gosto de planejar meu ano.

O delegado se levantou em um pulo.

— Chega! Não vou mais perder meu tempo com você. Já sabe o que eu sei: nada. Então, fora daqui. Se não quer ir pra rua, vai para casa, vai trabalhar. Faz qualquer coisa, mas desaparece da minha frente.

Andrade se aprumou num pé, depois noutro. Tinha um sorriso mal disfarçado no canto da boca.

— O caso do sobrinho do embaixador...

— Não me interessa esse caso. É problema seu, do embaixador e do secretário de Segurança. Tchau, Andrade!

O detetive saiu com um sorriso tão coberto de más intenções que desnorteou a secretária do delegado, em pleno ato de polir as unhas. A lixa caiu no chão e Andrade parou com a intenção de pegá-la. Foi apenas um momento. Ignorou a lixa caída e seguiu seu caminho.

Não se deu ao trabalho de parar na própria mesa. Para todos os efeitos, fora dispensado. Rumou para casa.

Era a noite de folga de Suely na boate. Um dia da semana em que ela e Andrade dormiam como um casal e fingiam que namoravam. Uma situação dia a dia mais nebulosa. Desde que haviam iniciado a relação, após um caso de drogas que o levou a investigar as moças que dançavam na boate, o detetive, sempre que tinha chance, repetia que nunca seriam namorados. Não explicava as razões, nem era questionado. Pouco a pouco, passaram a sair juntos e a passear pela cidade quando a filha de Suely, de doze anos, vinha do interior do estado, com a avó, para uma visita. Sem discernir se fora o jeito desabusado, as pernas musculosas, os cabelos negros bem lisos ou os olhos verdes artificiais, o fato é que fora fisgado e não podia imaginar sua vida sem ela. Quando se aposentasse, ele suspeitava que gostaria de ter Suely a seu lado numa longa viagem pelo mundo civilizado.

Suely passou pela porta com as sacolas de sempre, repleta de quitutes e uns bons bifes altos (como ela gastava com ele!). A bebida ficava por conta de Andrade. Comprara um vinho português de nome sonoro, garantido por seu Osório, da padaria, cuja barriga proeminente era sinal de conhecimento gastronômico. O vinho estava aberto, as taças cheias, e se beijaram depois do primeiro gole. As coxas dela bateram contra a virilha do detetive e os dois, bem sintonizados, resolveram que valia a pena deixar o jantar para depois de saciarem a fome dos corpos.

O detetive estava descansado por conta da tarde ociosa, mas aceitou ser montado por Suely. Gostava de ter os cabelos dela roçando seu rosto. Gostava das tentativas infrutíferas de chupar os peitos generosos que se ofereciam, enquanto ela apertava seu pênis num túnel macio e úmido.

Suely venceu a lombeira pós-sexo, desgrudando-se de Andrade.

— Ursão, vou na cozinha fazer uma comidinha pra gente, que bateu a larica.

— Não... — gemeu Andrade. — Espera um pouco.

Ela pulou em cima dele. Esfregou lentamente a pélvis contra o membro relaxado do detetive e tornou a sair da cama.

— Ele já tá dormindo. Brincou bastante — disse jocosamente.

O detetive tocou o pênis com a mão enorme. Levantou-o e deixou-o cair.

— Vai cuidar da comida. Vou tomar um banho e mais tarde quem sabe...

Um estimulante aroma de fritura havia tomado conta da cozinha. Andrade aproximou-se em silêncio e deu um beliscão no traseiro de Suely:

— Cheiroso — comentou, debruçando-se sobre ela.

Suely virou-se e enfiou a narina no pescoço dele, fungando aqui e ali.

— Você também. Botou perfume...

— Que você deu...

— Já vi que hoje vamo ter repeteco.

Andrade acariciou suas ancas com o rosto devastado por um sorriso arrogante.

— A gente não cansa.

Ela largou a espátula com que virava os bifes e tascou um beijo mordido, agarrando a coxa dele e apertando, enquanto a fumaça gordurosa os envolvia.

— Do que é bom, quem cansa? — soprou nos ouvidos de Andrade.

O detetive sentiu, ao toque de Suely, que um repeteco não seria impossível. Ela o agarrou pelos braços, virou-o na direção da sala, deu uma palmada em sua bunda e disse:

— Agora, não me atrapalha. Ajuda só a pôr a mesa e vai ver tevê.

Depois de arrumar os talheres, Andrade foi à sala e jogou-se no sofá. As imagens do telejornal mostravam a polícia em confronto com jovens, alguns mascarados por conta do gás lacrimogêneo que se espalhava pelo lugar.

— Se essa moda pega — resmungou alto.

— O que é que é, amor? — gritou Suely da cozinha.

— Essa garotada mascarada. Já pensou o que seria do trabalho da polícia se fosse moda andar com o lenço na cara? Como no Velho Oeste.

Suely provavelmente não escutara.

Na tevê, um comentarista começou uma longa dissertação sobre o papel das mídias digitais na arregimentação das pessoas para a passeata.

— Vamos jantar? — chamou Suely da saleta.

O detetive se levantou, sem despregar da telinha o rosto alterado.

— Estão destruindo a cidade — reclamou, chegando à saleta.

— Tá falando da meninada? Se não fosse nosso dia hoje, eu tinha ido protestar também.

— Não pensa que tem as costas quentes porque sou tira, hein?

— E eu dependo de homem pra me proteger? Tô no meu direito. Eles podem roubar, eu posso reclamar.

— Reclamar de quê?

Ela sentou e começou a servir os dois.

— De tudo, ora. E tem coisa certa neste país?

Andrade soltou um muxoxo.

— Mudar pra quê? A única coisa certa em política é que os ratos velhos vão sair e ratos novos vão tomar o lugar. Da esquerda, da direita, do centro. É que nem na Cinderela, quando perde o encanto, a carruagem vira abóbora.

— Ai! Que coisa horrível de pensar.

— Tá provado. É história universal. Tá no comando, é rato!

— Não pode pensar assim, ursão. É tão triste.

Uma ligação interrompeu o diálogo. O celular de Andrade.

— Deixe eu ver se é urgente.

Ele se levantou e foi atender Lurdes na sala. Aproximou-se da janela. A vista dali era tomada pela presença escura e marcante do shopping Princesinha do Mar, um buraco negro em meio às luzes urbanas.

— Oi, chefe, tô atrapalhando?

— Nada. O que foi?

— Tá podendo falar?

— Vamos, Lurdes. Não estou falando?

— Desculpe. É que eu segui o brigão, o Mauro. Ele entrou em casa, trocou de roupa e desceu. Veio até um bar aqui na praia. Agora está com dois amigos, bebendo. Os três estão de frescura.

— Como assim?

— Ah, dando aquelas risadinhas que fazem estrebuchar, passando a mão no braço do outro, com o dedinho deslizando.

— Veadagens?

— Isso, chefe.

— Então tira umas fotos e pode desmontar a campana. Já confirmamos o que queríamos saber. Amanhã você me faz um relatório completo.

— Boa noite, chefe.

— Boa noite.

Andrade desligou e deu mais uma conferida na cena que via através da janela. O buraco negro, monstrengo capaz de absorver toda a energia moral do bairro, o desafiava ao longe.

— Quem era? — perguntou Suely.

— Minha inspetora, confirmando uma suspeita que eu tinha.

— Qual?

— Que o que se prende dentro do armário acaba saindo descontrolado.

Pela manhã, o salão de investigadores estava congestionado. Um vozerio alarmante se espraiava pelo ambiente, com os investigadores dividindo opiniões e experiências sobre a passeata do dia anterior. Uns acreditavam que tudo ia mudar; outros, que ia faltar pizza.

— Vê isso, inspetora. Ontem ninguém trabalhou. Hoje ninguém vai trabalhar. A diferença é que hoje os marginais não estão na manifestação, estão de volta ao bairro. Vamos sair daqui e tomar um pouco de ar.

Na loja de dona Sara os dois esperavam que ela trouxesse os pães de queijo para iniciar a conversa.

— Ficou alguma dúvida sobre a opção sexual do criminoso, Lurdes?

— Acho que não, chefe. Três homens, rindo daquele jeito, sem olhar para as mulheres das mesas vizinhas. Bibas.

— Então, mais um passo que demos para resolver o caso. Pelo acúmulo de bichas, esse assassinato cheira a triângulo amoroso. No mínimo. Do jeito que são promíscuos, pode até ser um quadrângulo. Mas vamos pensar em três, que já é suficiente. Basta identificar o terceiro vértice para que o castelo de dissimulação desabe. Como já te disse, vai terminar numa confissão histérica. Os advogados vão alegar que o crime se deu sob violenta emoção, e o assassino vai pegar uma pena leve. Esses crimes de gueto são tratados com muita leniência, como se não fossem uma ameaça à sociedade.

— Criminosos que matam por paixão não costumam reincidir — comentou Lurdes.

— É assim que os leigos pensam, inspetora. Só esquecem que essa gente florida e perfumada tem hormônios tumultuados. São sujeitos a surtos de paixão e fúria. Todo mês têm seus ciclos de neo-TPM. Pena que a ciência não estude o gênero enquanto espécie.

— Acontece igual àquele filme espanhol, não é? *Mulheres à beira de um ataque de nervos.*

— Isso é lá nome de filme — resmungou Andrade.

— Eu li...

— Sei. Numa revista. Tá bom. O que vale é que demos um passo importante.

— E agora?

— Vamos atrás desse terceiro. Quem poderia ser? Eu fico tentado a afastar o Zezinho e o Luizinho como candidatos a terceiro amante dessa equação.

— Quem?

— Os sócios do Huguinho, o morto. Se não houver surpresa no testamento, não sei o que ganham. E eram conhecidos havia muito tempo, sem registro de relações carnais...

— Não poderia ser aquele Téo? Os sócios da agência de turismo disseram que ele foi com a vítima à boate no dia da briga.

A interrupção não foi bem recebida por Andrade. As bochechas inflaram, indignadas. Agora era assim? Um pouco de intimidade e atenção, e os subalternos assumiam as investigações?

— Você me interrompeu quando eu estava indo direto para esse personagem.

Lurdes encolheu os ombros sob o peso do embaraço. O detetive prosseguiu:

— Pelo descrito, ele tem o biótipo para a intriga, a devassidão, mas não para o assassinato.

— Citei o nome dele para ser o terceiro vértice — explicou Lurdes.

A reincidência irritou Andrade de vez.

— A noite fria a deixou surda, Lurdes. É disso que estou falando. Esse Téo é nosso terceiro vértice. Um rapaz franzino, lascivo e de jeito adamado, que atrai irremediavelmente a cobiça física de gays fortes. Imagino que você tenha como encontrar essa flor de laranjeira, não é?

— Na agência de turismo me deram o endereço do trabalho dele.

— Onde fica?

— Em Botafogo.

— Ele faz o quê?

— Trabalha numa produtora de cinema.

— Faz o quê? Não me diz. Maquiagem?

— Não. Falaram que é assistente de direção.

Um riso sufocado agitou o peito de Andrade.

— Essa gente adora dar ordens. Numa voz esganiçada e tremida. Vamos lá dar uma espremida nessa laranjinha para ver se sai suco.

A produtora ficava numa casa grande, em uma rua transversal à São Clemente. Na portaria, uma jovem loura e comunicativa informou a Andrade e Lurdes que Téo estava terminando um trabalho externo e ia voltar à produtora mais tarde.

— Vocês se importam de esperar? — perguntou a loura sorridente.

Andrade cerrou o cenho.

— Eu posso perder meu tempo esperando. Tomara que ninguém esteja precisando de polícia nesta cidade tão ordeira.

A loura sorriu sem graça.

— Ela deve ganhar pelo tempo que ri — grunhiu Andrade, procurando uma cadeira à sua altura.

Lurdes se aproximou da mesa da recepcionista.

— Você não tem um lugar mais privativo pra gente esperar por ele?

A jovem ficou em dúvida.

— Pode ser na sala de reunião. Eu acho. Tenho que perguntar.

— Pergunta então — disse Lurdes, dando pancadinhas apressadas na mesa.

A recepcionista saiu e voltou com um largo sorriso.

— Vocês podem me acompanhar — disse, abrindo a porta dupla que ligava a antessala ao interior da produtora.

Ela os encaminhou a um cômodo de teto alto, com uma única mesa, cujo tampo de vidro mostrava um leito de folhas secas ao fundo.

— Que legal! — exclamou Lurdes, examinando a mesa.

— Lindo — resmungou Andrade, enquanto sentava.

A jovem os deixou prometendo trazer café e água. A inspetora sentou-se ao lado do detetive e começou a folhear uma revista sobre filmes.

— O senhor gosta de cinema, chefe?

— Gosto — respondeu o detetive, irritado com a perspectiva de esperar horas pela mirrada testemunha.

— Que tipo?

— Vazio.

Após um minuto, Lurdes desatou a rir.

— Boa, chefe.

Andrade se fechou em um mutismo mal-humorado. Chegaram o café e a água. Depois, apareceu a recepcionista avisando que Téo chegaria em quinze minutos. A barriga de Andrade já começava a gritar por um alimento. Ele podia sentir o suco gástrico atacando os órgãos indefesos.

— A senhorita podia apressá-lo? Ou vamos transferir essa conversa para a delegacia.

— Claro, claro — respondeu ela, esquecendo o sorriso.

Passado algum tempo após a saída da recepcionista, o detetive pareceu acordar e disse para Lurdes:

— Você começa a pressionar a donzela, tá? Joga uma conversa sobre drogas. Diz que umas anotações no diário do Rubens implicam um amigo dele como traficante.

Lurdes o encarou, aturdida.

— Melhor a gente aproveitar esse tempo para ensaiar, chefe. Não tô entendendo direito. É pra dizer...

A porta foi aberta e um rapaz magro, de olhos brilhantes, rosto salpicado por sardas e cabelos castanho--avermelhados, adentrou esfuziante.

— Delegado. — A figura estendeu uma mão fina, de unhas roídas, que não condizia com a imagem pedicurada que o detetive imaginara.

Andrade mal tocou na mão estendida. O jovem, no final dos vinte, rodeou a mesa para cumprimentar Lurdes. A inspetora correspondeu ao efusivo cumprimento.

— Já trouxeram café e água? Que bom! Já estava indócil esperando a convocação para prestar meu depoimento. Afinal, eu presenciei eventos importantes, não é?

De súbito, seu rosto se amansou, incorporando um olhar triste, de sobrancelhas caídas. Continuou:

— O Rubens era meu melhor amigo. Um cara legal. Não merecia ser tratado daquele jeito, por uma tribo de brutamontes, corroídos por preconceitos falidos.

— Podemos começar? — perguntou Andrade, desconcertando Téo.

— Ahn?

— Nós estamos esperando o senhor já faz uma hora. Não queria tomar muito de seu tempo.

— Ah, claro — disse Téo, puxando uma cadeira.

— Inspetora... — sugeriu o detetive.

Lurdes pegou a deixa:

— Eu sou a inspetora Lurdes. Esse é o detetive Andrade, que comanda a investigação. O senhor pode nos contar o que aconteceu no dia da briga na boate.

— Posso, posso. — Téo se animou. — Eu estava com o Ruba bebendo quando reconhecemos esse bronco que o espancou. Eles tinham saído uma noite e não tinha terminado bem. O Ruba foi lá falar com ele, pedir desculpas, não sei. O cara virou bicho. Ele e os amigos começaram a dar socos e chutes, o Ruba tentou se defender, mas era um grupo, não é? Ainda bem que os seguranças vieram logo e puseram esses boçais para fora.

— E você sabe se o senhor Rubens voltou a encontrar os valentões da boate? — continuou a inspetora.

— Não sei, não, senhora. Ele não me disse nada, e só voltamos àquela boate na semana seguinte, na noite em que ele morreu. — Lágrimas pareciam querer brotar do rosto fino. — Mas não sei se os agressores estavam lá na noite em que mataram o Rubens. Sabe como é numa boate, a gente se perde, se acha, se perde.

Diante das palavras levianas, um sentimento de desgosto invadiu Andrade. O pouco-caso da testemunha com a morte do amigo dizia ao detetive muito de sua alma embotada de fel.

Era esquivo e malicioso, como todos os que se excediam no afã de exercer um papel que, para Andrade, a natureza não lhes reservara. Mesmo com toda a sua experiência de rua, Andrade ignorava se um homossexual podia atuar nos dois sentidos, ou escolhia apenas um. Não era hora de perguntar. Nunca surgia esse momento.

— Qual era a natureza de suas relações com a vítima? — perguntou Andrade com má vontade.

Téo voltou-se para ele.

— Não entendi, delegado.

— Detetive — corrigiu Lurdes.

— Entendeu, sim — retrucou o detetive. — Eram amantes? Ele bancava você?

— Quem fornecia as drogas? — aduziu Lurdes, lembrando a demanda de Andrade. — Qual era... — O olhar de censura do detetive a impediu de continuar.

Téo agitou-se, perturbado pela enxurrada de perguntas.

— Éramos apenas amigos. Só isso. Desde o colégio.

— Desde quando vocês têm amigo homem sem querer tirar uma casquinha — engrenou o detetive. — Você acha que nós somos idiotas, só porque não somos canibais eróticos. Eu já prendi mais desviados que seus anos de vida, mocinha.

Andrade largou um soco na mesa, antes de prosseguir:

— Um crime foi cometido. Ou você coopera de verdade, ou vai nos acompanhar à delegacia como suspeito de indução ao crime.

— Indução ao crime? — repetiu Téo, incrédulo com a acusação.

— É. Nós sabemos que você é o terceiro vértice! — exclamou a inspetora, adiantando o rosto contra a face do jovem.

— Vértice?

— É. O terceiro cara que completa o triângulo amoroso, com Rubens e o assassino.

As pernas finas de Téo começaram a balançar freneticamente embaixo da mesa.

— Ai meu Deus! Vocês piraram. Na batatinha. O que é isso de me acusar? Nem vi o Rubens naquela noite. Não fui com ele. E passei a maior parte da noite conversando com uma pessoa...

— Quem? — interrogou Lurdes.

— Uma pessoa...

— Qual o nome dessa mulher? — perguntou Andrade com ar descrente.

— Mulher? A pessoa é um homem. Moreno e gostoso.

Os policiais se entreolharam.

— Vamos checar — afirmou Lurdes.

— Podem fazer isso. Tá aqui o cartão dele. É advogado, filho de um deputado.

Andrade engoliu a raiva. Maldito país. Sempre que estava a um passo de fazer justiça, uma autoridade aparecia no seu caminho.

— Não pense que a proteção de um deputado vai nos deter — ameaçou. — Traficar drogas não é um crime bem-visto pelas autoridades.

— Tem crime bem-visto pelas autoridades? — questionou Téo, transbordando esperteza.

— Não se faça de engraçadinho, mocinha.

— O senhor não me chame de mocinha — retrucou Téo, eriçado como um gato.

Lurdes se viu obrigada a intervir.

— Nós perguntamos sobre as drogas. O diário do morto falava que você as fornecia. É crime pra mais de dez anos de cadeia.

— E pode ser o motivo para o assassinato — acrescentou o detetive. — Você pode ter um álibi, e ainda ser o mandante.

Téo ficou lívido.

— Eu não acredito nisso! Estou aqui, cooperando com a polícia e sou alvo dessa brutalidade. Samanta!

A recepcionista, que parecia estar escutando tudo, surgiu com os olhos esbugalhados.

— Liga agora para o Denis, daquela ONG amiga da gente. Pede pra ele vir correndo com um advogado pra cá. Estou sendo alvo de assédio moral.

Lurdes tentou pôr panos quentes.

— Não é necessário, senhor Téo. Apenas mais umas perguntas.

Andrade observava calado.

— Vai fazer o que eu pedi, Samanta!

Téo escondeu o rosto entre as mãos.

— Eu só quero ajudar — gemeu choroso.

O silêncio foi rompido pela voz de Andrade

— Desculpe meus modos.

A intervenção do detetive pegou Lurdes e Téo de surpresa. Este abriu os olhos entre os dedos. Em seguida, tirou as mãos do rosto.

O detetive continuou:

— Realmente, eu me excedi e fui grosseiro com o senhor. Não tenho esse direito. Por favor, o senhor me desculpe.

— O senhor foi abusivo — reclamou Téo.

Lurdes estava pasma e não conseguia desviar a atenção do detetive. O que estava acontecendo?

— Eu errei e peço que o senhor esqueça isso. Vamos recomeçar. A inspetora estava dizendo que há uma menção a seu nome no diário do *de cujus*, e trata-se de drogas. O senhor pode explicar isso?

— Eu e a cidade inteira usamos de vez em quando, é claro. Mas quem me arranjava era o Ruba.

— Sabe de quem ele conseguia?

— Como vou saber, detetive? De outro amigo, de um colega no trabalho. Essas coisas vêm de todo lugar

— Da agência de turismo?

Téo se assustou.

— Eu não disse isso. Pode ter vindo de qualquer lugar. A última vez que fumei um baseado foi o Ruba que me deu.

— Então veio da agência — insistiu Andrade.

— Não sei. Eu falei Rubens.

— E eu falei agência. Quem você está protegendo lá dentro?

Andrade balançou um dedo gordo e enérgico na cara do jovem, que começou a arranhar o próprio braço.

— Vocês estão completamente errados. O Ruba não era viciado. Não em drogas, pelo menos. Era em sexo. Passava o rodo. Não poupava nem o local de trabalho.

— Essas fofocas não vão livrar seus pulsos das algemas quando provarmos que você é um agente do tráfico, menino.

— Ai, meu deus! Vai começar de novo? Samanta!

Parados na porta da agência de turismo Golden Pot, Andrade e Lurdes reviam os fatos:

— Eu pensei que esse Téo ia morrer empolado. Quando ele começou a se coçar de novo...

— Esses transviados são famosos por seu masoquismo. Qualquer contrariedade, martirizam o próprio corpo. Tem a ver com a igreja, celibato, santos. Depois, processam os outros. Por isso eu tirei o time de campo.

— Ele é uma testemunha importante.

— A única. Deve saber de tudo. Esteve com a vítima no dia em que ela foi espancada e estava na boate no dia em que foi assassinada. Pena que já temos nosso culpado. Seria um prazer jogar essa mocinha histérica aos lobos.

— Coitado.

— Coitado? Claramente sonegando informações. Protegendo os fornecedores de drogas.

— Quem?

— Um dos sócios desta agência. — O detetive apontou para a porta. — O fornecedor é um dos sócios daqui, e não me surpreenderia que fosse também o terceiro vértice do triângulo amoroso, como o rapaz insinuou. Do jeito que esse Rubens era promíscuo, não deixaria escapar os sócios. Acho que deve ser o magrelo.

— O que era mais cruel? Márcio, não é?

— Esse mesmo.

Lurdes abriu a porta e esperou enquanto Andrade passava. Dentro da sala psicodélica, o detetive foi direto ao atendente que já conhecia.

— Voltamos. Seus chefes estão cada vez mais encrencados. Assassinato, drogas. O que mais este ambiente colorido esconde?

O rapaz não se deixou levar pela conversa de Andrade. Falou ao telefone em sussurros inaudíveis e desligou.

— Os senhores podem entrar — disse, sem menção de acompanhar os policiais.

O detetive passou pela porta, quase dando de cara com Paulo, que vinha em passinhos enérgicos em sua direção. Ele os conduziu para a mesma sala do primeiro encontro.

— Onde está seu sócio? — perguntou Andrade, sem aceitar a mão que lhe era estendida. A inspetora apressou-se para acolher aquela mão pequena e gorducha.

Os três se sentaram.

— Os senhores falaram com Téo? — perguntou Paulo.

Lurdes assentiu.

— E ele nos falou das drogas. Quem é o traficante? Seu sócio? — inquiriu com veemência o detetive.

— Marcito? — disse Paulo, com olhos amedrontados. — Ele é o mais careta dos homens. — Afastou a ideia.

— Puff! — bufou Andrade. — Nós viemos aqui com sérias intenções de obter uma solução para os crimes que rondam sua agência de turismo. Assassinato, drogas, exploração sexual. Mesmo para este shopping, é muita sujeira.

Paulo retrucou indignado:

— Nós fomos premiados pela revista *Viagem dos Sonhos*. Nada disso existe aqui.

— O senhor nega que seu sócio foi assassinado?

— Eu não disse isso — protestou Paulo.

— Nega que ele tenha usado drogas na noite em que morreu?

— Como eu poderia saber. Eu estava com minhas filhas e minha mulher naquela noite.

Andrade apertou a barriga saliente para expulsar os gases que se acumulavam. Lurdes esperou pelo pior, que não veio de imediato. Paulo ainda descrevia a noite que passara assistindo a um show de ginástica artística quando um assovio contido, reprimido, soou, vindo do assento do detetive.

— Você conhece esta pessoa? — Lurdes berrou, tentando desviar a atenção do ruído constrangedor. Na sua mão, uma foto de Mauro aparecia na tela do smartphone.

Paulo aproximou o rosto para ver melhor.

— Acho que sim. Posso ver uma coisa no computador?

Lurdes concordou, enquanto o detetive continuava a se debater com as ondas de pressão que revolviam suas entranhas. Paulo deixou a poltrona e foi até sua mesa, começando a digitar com agilidade.

— Os senhores podem vir aqui um instante?

Lurdes levantou-se, acompanhada pelo detetive. Os dois se posicionaram atrás de Paulo, que apontava a tela, ocupada por uma foto de um bando de jovens em confraternização.

— É uma foto de uma festa a que nós três fomos, dois meses atrás. Na casa do Reginaldo, um amigo nosso da faculdade.

Andrade examinou a foto. Sete jovens, do sexo masculino, amontoados num sofá. Num extremo do grupo, Rubens. Mais afastado, fora do centro da foto, alguém parecido com Mauro se servia de uma bebida.

— Viu que memória boa — vangloriou-se Paulo.

— Você é amigo dele? — perguntou Lurdes.

— Não. Sei que o Carneirinho é amigo do Reginaldo.

— Carneirinho?

— Carneirinho é o cara da foto que você me mostrou. Aquele que está ali no canto — apontou para a tela.

— É o nosso brigão, Mauro, não é, inspetora?

Lurdes assentiu.

— Você não sabia o sobrenome dele? — cobrou o detetive.

A inspetora engoliu em seco, negando com um movimento de cabeça.

— Eu tenho de reconhecer que o senhor tem tido um comportamento de cidadão exemplar, contribuindo com a investigação. Imagino que seja um inocente útil na mão dos seus sócios. Bem, senhor Paulo, já temos a relação entre a vítima e o principal suspeito, o assassino. Se o envolvimento entre eles começou antes ou depois dessa orgia — indicou a tela com o queixo —, não importa. Agora, falta apenas juntar evidências do motivo. Encontrar o terceiro homem, que estaria envolvido também com a vítima e que detonou o ciúme do assassino.

— O senhor já sabe quem é?

— Seu sócio, o magrelinho enfezado.

— O Marcito? — surpreendeu-se Paulo.

— É. Sabemos por fontes seguras, deduções incontestáveis, que Rubens namorou um sócio da agência. E esse sócio sabe de coisas que podem se tornar a motivação de um novo crime.

— Novo crime? — repetiu Paulo, assustado.

— Claro. O criminoso logo vai perceber que calar esse sócio é fundamental.

Paulo havia empalidecido.

— E esse sócio está em perigo? — balbuciou.

— Mortal! — A boca de Andrade se encheu com a palavra.

Paulo começou a respirar com dificuldade, à beira de um ataque de pânico.

— Eu sou o terceiro homem! — gritou Paulo, de súbito. — Eu e Rubão namoramos. Uma semana. Foi um erro. Nem namoro foi. Eu era jovem e estava confuso com a minha sexualidade. Ter uma família. Foi o curso de Letras que virou minha cabeça.

O corpo inteiro de Paulo tremia. Andrade levou a mão à testa, em desespero. Mais chiliques! Como podia avançar numa investigação se as testemunhas se portavam como se estivessem num galinheiro, obstruindo seus passos com uma muralha de histeria. Como dar um sacode em quem estrebuchava antes do primeiro grito.

— Foi só isso, eu juro — disse Paulo, entre soluços. — Minha mulher não sabe desse pecadilho, dessa bobagem juvenil.

Embaixo da mesa de Andrade, no salão de investigadores da delegacia, ficavam escondidos os processos pendentes, aqueles que ele não se dignara a dar qualquer atenção nos últimos tempos. Nem sequer os passara para Lurdes. Por respeito à profissão, sempre repetia, dedicava-se a um único caso por vez.

Contrariado, o detetive mostrou à inspetora a pilha de processos abertos. Ao redor, as vozes dos outros investigadores consumiam rapidamente a paciência do detetive.

— A população reclama de tudo, Lurdes. Não imaginam o custo que seus queixumes de classe média trazem para o verdadeiro trabalho policial. Solapam! Como dedicar tempo às verdadeiras ameaças ao bem-estar social se essa gente nos perturba com suas vendetas particulares?

Andrade pegou uma pasta do topo da pilha.

— Este caso chegou ontem. Ainda não passei para você, por saber o valor do seu tempo. Uma briga de família. A mulher alega ter sido espancada com um cinto pela irmã e pelo cunhado. Eu pergunto: por que ela não contrata um vagabundo para quebrar alguns ossos dos dois. Não, ela quer exames de corpo de delito, DNA, luzes fosforescentes, tudo que aparece nesses seriados de tevê.

— São muito folgados — aduziu Lurdes, com total concordância de Andrade.

— O primeiro caso naquela pilha é de um sujeito que foi mordido pelo cachorro do vizinho. Parece que foi brincar com o bicho e a besta agarrou seu braço. Os filhos pegaram umas vassouras e baixaram o sarrafo no animal. Quando o vizinho chegou, encontrou os três surrando o bicho. Resultado: o cachorro morreu.

Por que abrir inquérito num caso desses? A Justiça alcançou todo mundo. O abestalhado brincalhão, o cachorro e o vizinho. Ouça o que eu digo, Lurdes: em certos casos, a vítima é o cúmplice número um do criminoso. E, nesses casos, a justiça só pode ser satisfeita se você não fizer nada.

Lurdes acompanhava, embevecida, o desenrolar do raciocínio do detetive. Seu pai não poderia dizer melhor. Que falta sentia dele!

— O pior caso está ali, bem no meio. Uma mulher reclamando que alguém lhe passou uma DST, essas doenças que se transmitem pelo contato sexual. Ela tem alguns suspeitos. Alguns! Enquanto incubava a doença, deve ter contaminado metade do bairro. Devia ser presa! Você sabe que 95% da população tem algum tipo de herpes? Que 75% dos jovens têm doenças sexuais?

A inspetora absorvia os números que o detetive despejava. Abriu a boca, estarrecida.

— Tudo isso?

O rosto de Andrade se contorceu numa máscara de escárnio.

— Não tem lido mais, inspetora?

— É que esses índices são muito altos, chefe.

— Não duvide. Vêm da Organização Mundial da Saúde. Dizem que os técnicos americanos nem querem mais vir ao Brasil, com medo de contágio.

— Eu achei que essas doenças eram mais do mundo gay. Por causa da promiscuidade.

— Por incrível que pareça, dona Lurdes, os gays só são mais promíscuos nas estatísticas. Não chegam aos pés dessas donas de casa que passam a tarde procurando sarna para se coçar nas academias de ginástica. Mas vamos procurar um lugar para pôr ordem nesse assassinato enquanto fazemos um lanchinho. Longe dessa balbúrdia. — Andrade passou a vista pela sala, ocupada por quase uma dezena de investigadores que falavam ao mesmo tempo.

Enquanto seu Osório ia buscar pessoalmente o bule de café e um prato de docinhos variados, Andrade e Lurdes, sentados ao fundo da padaria, trocavam impressões sobre o caso.

— Temos o embaixador; a vítima, Rubens; seus dois sócios, Paulo e Márcio, e esse tal de Téo. Além de Mauro, o brigão, que é o principal suspeito — contabilizou Lurdes.

— Eu não diria suspeito, mas criminoso. Tinha motivo: uma relação tumultuada com o morto, incendiada por ciúmes. O cadáver, o tal Rubens, era, como soubemos, um dom-juan desembestado, metrossexual, tetrassexual. Varria o que tivesse pela frente: homem, mulher, gay. Esbarrou nesse lutador de butique, o Mauro, acostumado desde criança a se embolar com o próprio sexo. Eles devem ter se encontrado de novo na noite do crime, e deu no que deu. Agora só precisamos colocar Mauro na boate naquela noite e encontrarmos o amante secreto do morto, aquele que detonou a crise de ciúmes em Mauro.

— Não sei, chefe. Ainda nem temos provas de que Mauro tinha um caso com Rubens.

— Rubens?

— O morto.

— Ahn.

— E também não temos certeza se Rubens tinha outro amante.

— Você ouviu as testemunhas, os sócios, aquele magricela do Téo. Todos confirmam que esse Rubens se enfiava em qualquer buraco. Então, é claro que ele tinha namorado e amante. Sim, é verdade que ainda não temos provas. Mas isso é o de menos. Se sabemos que uma árvore é uma macieira, basta balançarmos o suficiente para que caia uma fruta. Esta fruta só pode ser uma maçã. Elementar.

— E quem nós vamos balançar?

— Primeiro esse Mauro. Quando terminarmos aqui, você vai voltar à delegacia e convidar esse sujeito para uma conversinha informal amanhã. Nada de assustar. Só para esclarecer uns fatos.

O detetive olhou com desespero para os docinhos que ainda restavam quando a inspetora pegou dois em um único movimento.

— Antes de ter uma indigestão, inspetora, me diga o que a senhora acha de tudo isso.

Enquanto Lurdes se entretinha resumindo os passos dados na investigação, Andrade mergulhou com afinco na tarefa de encher o estômago.

A tarde ainda não havia encerrado o expediente quando o detetive fechou a porta do apartamento dando o dia por finalizado. Inquieto, vasculhou a geladeira, para assegurar-se de que a baixinha havia deixado um jantar que lhe trouxesse conforto para a longa noite que teria em frente à televisão. Mais tranquilo, diante de um ensopado de três carnes — frango, filé e porco — que Dó inventara da própria cabeça chata, lembrou-se de que era noite da aula de canto. Uma onda de lânguida satisfação veio com a ideia de passar a noite em comunhão sonora com seus colegas de coral. Apenas vozes incorpóreas dançando ao som da música, elevando-se.

5

O barulho da fechadura na porta dos fundos pegou Andrade no momento em que enfiava a chave na porta da frente para sair. Ele deu meia-volta e foi ter um dedo de prosa com a empregada.

— Tudo bem em casa, Dolores?

Dó encarou a figura que se agigantava à sua frente, sem se intimidar.

— Eu não tô atrasada.

— Eu sei, minha querida.

O rosto de Dó se iluminou.

— Já sei. Teve canto ontem.

Em seguida a expressão dela mudou.

— Pena que o feitiço não dura. Logo, logo vai estar soltando fogo pelas ventas — disse, encaminhando-se até a pia, repleta de travessas e pratos sujos

— Comeu tudinho, né?

— Estava uma delícia. E seu filho, está gostando do estágio que eu arrumei?

— É bom, mas não é muito — disse ela, cautelosa, desconfiada do rumo da prosa.

— Por quê? — perguntou, eriçado.

— É bom pra agora. Mas tem futuro? Tem? Tem?

— Ora, sua ingrata. Ser escriturário, numa firma grande, para quem nunca pensou que ia ser útil para a sociedade, está muito bom para começar.

Dó se abaixou e começou a tirar panelas de um armário debaixo da pia.

— Eu quero meu filho com diploma. Pra fazer concurso.

— E eu quero uma banheira cheia de chocolate!! Pra isso ele vai ter que estudar. Não basta ter amigo influente. — Andrade encheu o peito de soberba. Ela o ignorou. — Não posso mais perder meu tempo com você. Tenho uma cidade para proteger.

Ele tornou a se dirigir para a porta.

— Anã mal-agradecida — murmurou num muxoxo irritado.

— Ah! — lembrou Dó, dando uns passos para alcançar Andrade na sala. Ela carregava uma caixa pequena nas mãos. Estendeu-a para o alto, na direção do peito do detetive. — O Ronaldo mandou agradecer o trabalho e mandou esse presente.

Andrade olhou sem graça. Abriu em silêncio. Era uma caneta bonita.

— Dá pra ver que ele puxou o pai. Bem-educado — resmungou o detetive, tirando a caneta da caixa e pondo no bolso. — Manda um obrigado para ele.

Dó franziu os lábios e foi à cozinha. De lá, falou baixinho:

— Vai com Nosso Senhor.

Andrade ainda respondeu, antes de fechar a porta:

— Quanto ele cobra para vir junto?

Com passos decididos, Mauro adentrou o salão de investigadores. Vinha escoltado por um rapaz e uma jovem. Os três foram recebidos por Lurdes e seguiram para os fundos, onde ficavam as salas de interrogatório. De sua mesa, Andrade acompanhou o movimento, conjecturando sobre quem eram as pessoas que acompanhavam Lurdes e o suspeito. Uma irmã lésbica e um namorado protetor, imaginou, prometendo a si mesmo ser polido e educado até que o momento da confissão exigisse modos mais bruscos. Obter uma confissão, pensava, exigia que as palavras iniciais fossem suaves e houvesse muita cumplicidade, até o instante em que a ação brutal e tenaz se mostrasse necessária. Como arrancar um dente, assim era extrair a verdade.

Após alguns minutos de reflexão, o detetive partiu para as salas de interrogatório. A porta estava aberta e Lurdes servia uma xícara de café para a jovem que acompanhava os dois rapazes.

— O piquenique está satisfatório? Quem são seus acompanhantes, senhor Mauro?

Lurdes apressou-se a fazer as apresentações.

— Detetive Andrade. Esta é Aline, uma amiga do senhor Mauro, e este é o senhor Douglas, o advogado dele.

Andrade examinou a mulher com falso ar de desagrado. Aline tinha cabelos aloirados, a compleição saudável de um esportista e vestia uma saia curta que deixava à mostra suas pernas bem torneadas à custa de muitos exercícios. Andrade se deteve nelas por um longo tempo. Depois, sem abandonar a expressão de mau humor, encarou o advogado desconhecido.

— Dois advogados então. Não é demais para quem ainda não foi indiciado?

Mauro, que estava entre Aline e o advogado, tomou a palavra:

— O Douglas é meu amigo. Ele fez questão de vir comigo. Eu disse que não precisava.

— E a enfermeira, é pra quê? — Apontou com o queixo para Aline.

— Eu sou namorada do Mauro — disse ela, enfática.

Lurdes e Andrade trocaram olhares, surpreendidos com a intervenção decidida da jovem. Nos olhos da inspetora transparecia uma ponta de decepção.

— Namorada? — questionou a inspetora, sem graça.

O detetive agitou as mãos, impaciente.

— Seja lá o que a senhorita for, seu lugar é fora daqui. Inspetora, a senhora poderia acompanhar a jovem até a recepção.

Aline iniciou um protesto, mas o advogado amigo de Mauro assentiu e ela calou-se, seguindo Lurdes. Andrade saiu da sala por um segundo e voltou com uma cadeira.

— Podemos sentar. — Indicou as cadeiras ao redor da mesinha. — O senhor é...

— Douglas Barreo. Sou amigo e advogado do Mauro.

— Que honra. Um criminalista renomado — disse Andrade, com os lábios úmidos de sarcasmo.

— Não é minha especialidade... — confessou o jovem.

— Mas vai dar para o gasto, não é? Bem, são só algumas perguntas para o seu cliente. Qual a natureza das relações dele com a vítima, o tal Rubens?

Mauro suava um pouco e esfregava as mãos.

— Nenhuma — disse rapidamente.

— Hum. No entanto, tiveram uma briguinha de namorados na boate.

O rubor tomou Mauro.

— Nunca tinha visto aquele cara! Ele chegou me tocando e eu reagi. Saiu porrada mesmo. Depois que os seguranças nos expulsaram da boate, não vi mais a cara dele — disse quase aos berros.

O advogado segurou seu ombro, acalmando-o.

— E já tinha visto ele antes? — continuou Andrade.

— Nunca na minha vida — disse, enfático.

— É só isso, detetive? — o advogado interveio, sem jeito.

Mentiroso, pensou Andrade, recordando a foto que Paulo lhe havia mostrado. Mauro, ao fundo, Rubens no sofá com outros amigos.

— É claro que não — retrucou o detetive, cerrando os punhos sobre a mesa. — O senhor acha que eu chamaria seu cliente aqui se não tivesse evidências da participação dele no assassinato?

— Assassinato? — Os olhos de Mauro foram em busca do advogado.

— É. O bom e velho crime de homicídio. — O sorriso de Andrade era ameaçador.

O advogado cochichou algo com Mauro, que negou com veemência. Os dois pareciam igualmente perturbados.

— Uma confissão seria bem-vinda — disse o detetive num tom amigável.

— Meu cliente não tem nada a confessar — protestou Douglas. — Ele já disse que não tornou a ver o rapaz que morreu depois do dia da briga.

Andrade ergueu-se sobre os punhos, lábios curvados, bochechas caídas, olhos semicerrados.

— Minha paciência tem limites. Seu cliente — dirigiu-se ao advogado — espancou um jovem empresário junto com sua gangue de desajustados. É mentira que não o conhecia. Temos testemunhas e uma prova fotográfica de que os dois frequentavam bacanais de homossexuais notórios.

Mauro negou novamente, mas Douglas já não parecia tão confiante.

— Eu acho melhor a gente voltar outro dia. — Ele agarrou o braço de Mauro, induzindo-o a se levantar.

— O quê? — gritou o detetive. — Já sentados! Isso aqui é uma delegacia e não uma academia. Se saírem agora, vou pedir ao juiz para expedir um mandado de prisão, e você — apontou para Mauro — vai passar a noite abraçado com gente que não beija, morde.

A dupla parou, indecisa. Mauro tornou a se sentar, arrastando o advogado para a cadeira.

— O senhor não tem nada contra meu cliente — protestou novamente.

— E o senhor vai terminar com problemas. Obstrução da justiça. Práticas antiéticas. Qual o nome do seu escritório criminal? — inquiriu Andrade.

— Eu sou colega do Mauro na imobiliária. Estou aqui para dar uma força — respondeu o advogado, timidamente.

— Você...

Lurdes apareceu na porta e interrompeu o detetive.

— A Aline precisa confessar uma coisa, chefe.

— Quem é Aline? — rugiu Andrade.

— Sou eu. — A cabeça da jovem que acompanhava Mauro surgiu na soleira. Depois o corpo. — O Maurinho não fez nada. Quem conhecia o morto era o irmão dele.

— Aline! — O berro de Mauro desconcertou a todos.

— A gente sabe que o Sandro não fez nada, Mauro. É melhor dizer tudo à polícia, não é, Douglas?

— Que história é essa de irmão? — indagou Andrade, inclinando o corpo sobre Mauro.

Mauro curvou a cabeça, exausto.

— Eu tenho um irmão — murmurou, envergonhado.

— Ele é gêmeo — arrematou Aline, que já havia entrado na sala e parecia à vontade.

Um som, semelhante a uma máquina emperrada, emergiu da boca de Andrade. Ele explodiu:

— Lurdes, arraste essa tatuada pra fora daqui! E vocês dois, ou me dizem a verdade, ou estão presos por desacato.

A inspetora tentou convencer Aline com toques suaves que a outra prontamente afastava. Disse, então, algo no ouvido de Aline, que a seguiu ainda relutante.

Andrade sentou-se e, no movimento, bateu o joelho na beirada da mesa, soltando um palavrão. Mauro o fitou com desânimo.

— Meu irmão e eu não nos falamos. Mas é meu irmão. Aline não podia ter feito isso — reclamou.

— Vocês são cúmplices — berrou Andrade, esfregando o joelho.

— Isto é um absurdo! — disse Douglas, recuperando a postura de advogado.

As mãos enormes de Andrade passearam pelo joelho atrás de algo quebrado. Massageou com cuidado a área atingida, examinando a calça em busca de um indício de rasgo. Quando se ergueu, o rosto veio numa carranca feroz.

— Você está encrencado — disse para Mauro. — Você também — repetiu para Douglas, acrescentando: — Além de advogado, é amigo, um possível comparsa.

— Eu não tenho nada a ver com essa confusão — protestou o advogado, para incômodo de Mauro, que o questionou com um olhar zangado. O advogado sustentou o olhar do outro, altivo.

— Faça o favor de continuar — instou o detetive.

— Eu não sei de nada. A Aline acha que o cara me confundiu com meu irmão. O Sandro é... assim... daquele jeito.

Diabos!, refletiu Andrade, indeciso. Como podia imaginar que o suspeito tinha um gêmeo boiola? Não que este em sua presença o enganasse, posando de bravo mas todo subserviente à maconheira tatuada. Lurdes o deixara nesta situação desabonadora. Estava encurralado. E, para piorar, a frustração parecia ter disparado uma torrente de gases enfurecidos que fustigavam suas paredes estomacais.

— Eu vou buscar sua testemunha e fazer uma acareação imediata. Não saiam daqui! — disse, partindo em direção à porta como um último zagueiro.

Andrade atravessou o salão de investigadores como um touro enlouquecido e encontrou Lurdes na recepção, num papo animado com Aline. Passou por elas, fazendo gestos para que a inspetora o seguisse. Do lado de fora, disse para a inspetora que precisava sair para atender a um chamado externo e queria que ela fosse ter com o suspeito e fizesse uma acareação entre ele e o irmão para descobrir a verdade sobre a família homossexual. Assim que terminou de falar, desembestou pela rua, sem ouvir as considerações da inspetora.

Em casa, aboletou-se no vaso sanitário, aliviado pela ausência da doméstica enxerida. Nas mãos, uma revista semanal. O breve momento de calma foi sucedido por uma torrente de resíduos intestinais que foram expelidos em torvelinho contra a parede interna da louça sanitária. Demorou a se levantar, e, quando o fez, marcas excretórias manchavam o tampo do vaso, fruto provável da alta temperatura dos gases que conduziam o material sólido. Deu uma limpada rápida e viu, bem-humorado, que a baixinha teria muito do que reclamar. Mais leve e bem--disposto, tomou um banho rápido e deixou a torneira aberta para encher a banheira.

Quando já se deliciava com o leve ondular da água morna à altura do peito, Andrade pôde, enfim, dirigir seus pensamentos para o insidioso caso que envolvia tanta decadência moral. Apesar do surgimento de um irmão misterioso, a investigação continuava nos trilhos. Se o culpado não era Mauro, era o irmão. Melhor até, tinha agora um gay assumido, que não precisava ser tirado do armário. O problema era que estava sozinho. Lurdes havia se deixado enredar pelas próprias fraquezas emocionais e titubeava. Precisava afastar Lurdes da maconheira antes que a inspetora se deixasse levar e atrapalhasse o caso, que ficava mais óbvio a cada passo. Os irmãos deviam ter agido em conjunto. O cérebro era o tal Sandro; os músculos, o Mauro. Sendo gêmeos, podiam estar em vários lugares ao mesmo tempo. Não iam escapar. Sabendo quem eram, Andrade poderia tecer com calma a teia ao redor dos criminosos. A teia da justiça.

Confortado pela ideia, saiu da banheira, jogou quatro toalhas na cama e deitou-se sobre elas, adormecendo.

Depois de um almoço consistente, refestelou-se no sofá da sala para uma digestão lenta. Dó apareceu, vindo do quarto, com a mão nos quadris.

— Aquilo lá, eu num limpo — disse com lábios espremidos, o corpo tremendo de raiva.

— O que foi, santa criatura?

— O vaso tá todo borrado.

Andrade mal escondia o riso.

— Você é louca?

— Cheio de ponto preto, que só sai com reza forte. A barriga do senhor precisa de ser examinada. Tinha sujeira no tampo.

— Seu contrato de trabalho inclui a limpeza da casa.

— De sujeira, eu trato. Isso já é porcaria.

— Duvido.

— Quer ir ver? — desafiou Dó, balançando os quadris.

Andrade se levantou e fechou o cinto da calça. Passou por Dó, caminhando num balanço satisfeito até a porta.

— Tenho trabalho. Você também devia experimentar fazer alguma coisa.

— Achacar gente honesta não é trabalho — disse Dó, tirando as mãos dos quadris e indo atrás dele pelo corredor do prédio.

— Você só conheceu gente honesta quando veio se encostar aqui em casa.

Antes de voltar à delegacia, o detetive aproveitou a tarde ensolarada, mas de pouco calor, para dar uma volta pela orla da praia. Acabou o passeio diante do quiosque de Pipa, que veio correndo pela areia.

— Tudo bem, patrão? — disse Pipa, mostrando um sorriso de artista e um corpo de atleta.

— Explorando a carência das gringas velhas?

— Nesse corpinho só deixo tocar mão de fada.

O detetive suspirou impaciente.

— Larga de ser racista.

— Racista?

— Nunca vi fada preta.

— Elas não aparecem para qualquer um.

Andrade estacou, surpreendido pela resposta. A impertinência era compensada pela inteligência.

— Vou deixar passar o desaforo, porque você não tem educação para entender que dar atenção não é dar confiança. Passa logo a cerveja e o relatório — o detetive gesticulou.

Pipa passou por baixo da bancada e entrou no quiosque. Abriu e entregou uma cerveja a Andrade.

— Desculpe, patrão. Saiu assim, ó, sem querer.

— Sei. — O detetive o olhou desconfiado. — Diz logo o que descobriu dessa turma alegre.

— Meu *cumpadi* lá da frente serve um bando deles todo fim de semana. Já viu de tudo.

— Quero saber do velho e do namoradinho.

— Disse que um tempo atrás o velho deu um esculacho no playboy. Tentou bater nele. Tiveram que segurar o cara, ó.

— O Rubens ia bater no velho?

— Não, tiveram que segurar o velho. Nem é tão velho. Tá em forma. Já vi passeando com garotão pra cima e pra baixo.

— E aí?

— O *cumpadi* falou que eles ficaram embicados. Depois da *confa*, um sentava aqui, o outro mais longe. Nem falavam mais.

— Eles brigaram de novo?

— O Barriga disse que ficou na paz, mas em pé de guerra. Igual a Rússia e América, num sabe?

Andrade tamborilou os dedos no balcão sob o olhar preocupado de Pipa. O balcão era fino e os dedos grossos como salsichões.

— E o que mais?

— Não tem que mais.

O detetive deu um último gole e pousou a garrafa.

— Continua pesquisando. Quero saber nomes e todos os entreveros homossexuais dos últimos meses. E tem mais esse cara aqui. — Mostrou uma foto de Mauro que tinha no telefone. — Vou mandar a foto. Pede ao teu amigo pra dizer o que sabe dele ou de alguém parecido.

— Parecido?

— É. Ele tem um irmão gêmeo.

O detetive olhou o relógio do quiosque. Podia passar antes no shopping, para assuntar mais um pouco e depois encontrar Lurdes na delegacia. Deu meia-volta, sem se despedir de Pipa, que gritou:

— Obrigado pela honra, patrão.

— Cuidado com as gracinhas — respondeu Andrade de costas, enquanto se distanciava.

Dispostas sobre a mesa do escritório da administração, peças de um avião de montar eram examinadas criteriosamente por Dirceu. Andrade entrou sorrateiramente e ficou observando a cena. O subsíndico, debruçado sobre um desenho, escolheu uma das peças e a trouxe para perto dos olhos. O detetive soltou o pigarro mais alto que podia.

— Bonito, hein, seu Dirceu?

Dirceu deu um pulo, deixando a peça cair entre as outras.

— Ah! O senhor! — Virou-se de novo para a mesa. — Vou demorar horas para achar a peça certa de novo.

— Isso é hora de trabalhar — disse Andrade, indo sentar-se na cadeira de Dirceu. — As peças estão se ajustando. Na investigação. E sem a ajuda dos senhores, devo dizer. Nesta estufa que o senhor administra, as flores cheiram mal.

— O senhor é um pândego — observou Dirceu, com um sorriso. — Este shopping é uma família.

— Quadrilha, você quer dizer. Se eu não soubesse de suas boas intenções, seria minha obrigação arrastá-lo para a delegacia como cúmplice. O que tem de novidade?

Dirceu bateu com a mão na testa.

— Ah, sabia que precisava falar com o senhor. Me dá uma licencinha — disse, abrindo uma gaveta e retirando umas folhas grampeadas. — Este é o contrato de locação da agência de turismo Golden Pot. — Entregou os papéis ao detetive.

Andrade folheou em silêncio por um tempo. Ao final, uma expressão de surpresa surgiu. Bateu as folhas contra a mesa.

— Velho solerte! — exclamou num misto de exaltação e indignação.

Dirceu se aprumou ofendido.

— Não, não estou falando do senhor — esclareceu Andrade. — É de outro velho.

O subsíndico relaxou. Andrade agitou os papéis.

— O fiador deste contrato, imagina quem é: o embaixador. Tudo se encaixa, meu caro e probo senhor.

— Que embaixador? — perguntou Dirceu.

— Sente-se ali — o detetive apontou uma cadeirinha de plástico — para ouvir em primeira mão a história de um crime de paixão. Mesmo uma pessoa de uma idade provecta como o senhor vai se surpreender com a maldade e a luxúria do bicho homem.

Dirceu puxou a cadeira sem esconder a excitação.

— Este homem, perdão, homossexual, é muito rico, e se acostumou a desfrutar de desviados menos favorecidos. Mas encontrou na vítima, cujo apetite pela conquista e pelos corpos peludos era tão intenso quanto o seu, um rival à altura. Com a vantagem da juventude. Insaciável e movido pelo desejo ensandecido que é peculiar na espécie, o morto não pôde manter uma relação amorosa com o velho embaixador. O tal Rubens se entregou de corpo inteiro ao irmão gêmeo de Mauro, Sandro, um artista em plena exuberância dos vinte e poucos anos, de pele viçosa e mente criativa. O velho insidioso podia aceitar a simultaneidade de amores que é inerente aos gays, fidelidade não é um conceito que valorizem muito, mas jamais aceitaria ser trocado por outro.

— E como foi o crime? — perguntou Dirceu, tragado pela curiosidade.

Andrade o fitou com desagrado.

— E o que isso interessa? O senhor tem uma mente mórbida, sabia? Importa a motivação, o drama humano, o *modus operandi* será revelado ao longo da investigação.

Dirceu murchou. Andrade levantou-se ainda agarrado aos papéis, que amassaram na luta para se erguer.

— Vou levar este contrato.

— Eu preciso...

— No devido tempo voltará para suas mãos. Neste momento são evidências — grasnou, rumando para a porta.

— O senhor ligou e eu vim — disse Lurdes.

O detetive estava com a cabeça mergulhada numa cesta de pães de queijo e já na segunda rodada de café. Dona Laura aproximou-se com uma xícara para Lurdes, que agradeceu.

— Enquanto a senhorita confraternizava com a malta de transviados, eu arrancava nossa investigação das trevas da ignorância. Primeiro você. O que descobriu daquele grupo? Fez a acareação?

Lurdes balançou a cabeça, receando que o que diria não fosse bem recebido pelo detetive.

— Não consegui achar o irmão. Sinceramente, chefe, eu fiquei em dúvida. Eles parecem inocentes. Aline me explicou tudo, como é duro para Mauro ter um irmão gay, tendo recebido uma educação católica.

— Católica? Ora, Lurdes, aquele sujeito é um marginal em estado bruto. Se é católico, é da igreja mexicana, que corta cabeças pra decorar altar.

A inspetora não se deixou convencer.

— Não sei, chefe. Aline me disse que o irmão de Mauro, Sandro, é uma gracinha. Completamente diferente. Jovem, entusiasmado com o cinema e totalmente pacífico. Quando a gente falar com ele, vamos ter uma ideia melhor.

Andrade mastigou um punhado de pães de queijo enquanto ouvia, sempre meneando a cabeça.

— Ela é sua informante agora?

Lurdes desviou o olhar.

— Ela é confiável, chefe. Pratica luta, é saudável, uma moça de valores.

— Lutadora, tatuada... uma *ninjomaníaca*, é o que ela é. Cuidado com essa jovem, inspetora.

— Chefe, eu não...

— Que mais? — cortou ele, novamente com a boca cheia.

— Aline me falou também que ela estava com Mauro na noite do crime. Num forró no morro Santa Marta.

Andrade ergueu a fronte em triunfo.

— Ha-ha! Sabia que estavam aí nossos fornecedores de drogas.

— A favela tá pacificada.

— Isso é sinônimo de monopólio e não de interrupção do tráfico.

O detetive passou um monte de guardanapos de papel na boca, dando por encerrado o lanchinho.

— Eles não são mais suspeitos diretos do crime — afirmou, para surpresa de Lurdes.

— Não?

— Não, minha cara. Minhas últimas informações apontam direto para aquele ser de sangue frio e coração de vampiro, aquela cobra que já perdeu tantas peles: o embaixador.

— Mas não foi ele que nos pôs no caso?

— Uma manobra diversionista. E, claro, demonstra o menosprezo dessa tribo por nós, gente normal. Como se a inteligência fosse privilégio de gente doentia, como eles.

— E não vamos falar com Sandro?

— Vamos. Ele é importante para compor o quadro. Ele é o terceiro vértice, mas não o vértice mortal.

A inspetora sorriu mais tranquila. Ela não tinha errado, nem Aline estava mentindo. A jovem, de cabelos rebeldes e alma de anjo, era sincera em tudo. Principalmente nas críticas ao namorado, Mauro. Para Lurdes, aquele namoro estava por um fio.

— Bem, vamos lá, acuar a fera no seu hábitat — disse Andrade, decidido.

A entrada do embaixador na sala foi sucedida por uma onda de aroma francês. Ele apareceu vestindo sapatos de camurça e uma camisa brilhosa, esvoaçante. A repugnância de Andrade ficou evidente na resposta à oferta de cumprimento.

— Melhor, não. Estou resfriado — disse o detetive, com voz cavernosa.

O embaixador sentou-se e cruzou as pernas, animado.

— As investigações estão evoluindo? — perguntou saliente.

— Mais do que o criminoso gostaria — respondeu Andrade, seco.

— Oh! Que ótimo — disse o embaixador, um pouco surpreso.

— Não é mesmo. Viemos aqui conferir algumas informações.

— Estou à disposição dos senhores — disse o embaixador, coçando o joelho com um toque bem suave.

— Na noite do crime, onde o senhor estava? — perguntou Andrade, sem encarar o inimigo.

— Dia vinte e seis? — ponderou o embaixador. — Acho que estava aqui. Peguei uns filmes. Tenho andado bem recolhido.

— Desde quando? — perguntou Lurdes num tiro.

— Como assim? — retrucou, arredio.

— Desde quando deixou de frequentar a noite? — insistiu Andrade.

— Eu tenho saído menos. Deve ser a idade. — Deu uma risadinha maliciosa.

— Não terá sido a partir do rompimento com Rubens? — disparou o detetive.

A pergunta desestabilizou a maneira elegante com que o embaixador levava a conversa. Com os lábios enrugados, questionou:

— Vocês acham que eu sou um suspeito? Fui eu quem pediu que a morte de Rubens fosse investigada.

— E mentiu para nós. Disse que ele era filho de um amigo seu.

— Ora, detetive. O senhor não queria que eu dissesse que fazíamos sexo, não é? Seres preconceituosos tendem a se desnortear com os fatos crus. Eu gostaria que a investigação fosse honesta.

— Nós sabemos que você e o *de cujus* se envolveram num sério atrito após a separação. Este crime está encharcado pelo aroma de ciúmes.

O embaixador começou a balançar as pernas cruzadas, enquanto negava com a cabeça.

— Não, não e não. Eu nunca tive uma relação com o Rubinho. Eram aventuras ligeiras, que iam e vinham.

A única vez que discuti com ele foi porque ele não quis me pagar um empréstimo.

— Empréstimo para quê? — perguntou a inspetora.

O embaixador parou, indeciso.

— Vou contar a vocês — suspirou. — O empréstimo foi para montar a agência. De um tempo pra cá, ele começou a estar muito... ocupado. Acho que se apaixonou. Quem diria, ver aquele dom-juan *in love*. Eu disse a ele que ia cobrar o que me devia. Tudinho. Ele ficou uma arara. — A recordação trouxe um sorriso a seus lábios finos.

O detetive deu um tapa no próprio peito e apontou o dedo para o embaixador.

— Aí estão os motivos! Paixão e dinheiro. São responsáveis por cem por cento dos crimes.

— Quanta sapiência — ironizou o embaixador, voltando a balançar as pernas. — Na minha idade, eu não sou mais dado a ciúmes e, certamente, não tinha motivos financeiros para cometer uma insanidade. As cotas da agência e as dívidas passam para os sócios, no caso da morte de um deles. Pena que é tão tarde. Acho que tenho um compromisso agora. — Consultou o relógio dourado, com fina pulseira de couro.

Andrade não se fez de rogado. Imediatamente, se pôs de pé.

— Prefiro mesmo interrogar o senhor na delegacia — disse, em tom de ameaça.

— O secretário de Segurança vai adorar saber de suas arbitrariedades — devolveu o embaixador.

*

Ao deixarem o prédio, Andrade se pôs a gesticular furiosamente na direção do apartamento do embaixador.

— Chefe, eu acho que ele não está olhando pela janela.

— Você não conhece esse degenerado, inspetora. Olha lá. — Ele apontou para uma janela do prédio. Lurdes tentou ver, mas o sol a impedia de distinguir qualquer coisa.

— Vamos embora, chefe.

— Vamos — concordou, abaixando a mão. Começou a andar na direção de uma rua transversal, com a inspetora em seu encalço. — Você gravou a conversa?

Ela deu uma risadinha, se pondo ao lado do detetive.

— Gravei.

— Esse secretário que ouse interferir na minha investigação. Com esta gravação, eu o ponho no olho da rua — resmungou, furioso.

— Foi só o calor da discussão, chefe. Duvido que o embaixador vá falar com o secretário.

— Por isso eu pedi para você gravar. Eu sabia que ia terminar nisso. Suborno. Chantagem. As práticas comuns dos privilegiados quando encontram uma muralha de honradez. Ele pode falar com quem quiser. Eu ficaria mais preocupado com um abraço desse sujeito do que com as ameaças dele. Não posso imaginar o número de doenças contagiosas de que ele é portador. Ah, lembre de checar as imagens da vigilância do prédio. Para ver se esse avô do Ken da terceira idade não saiu atrás do jovem Falcon na noite do crime.

Entre queixas contra as autoridades e críticas ao comportamento social das minorias, os dois alcançaram a entrada da delegacia. Andrade se despediu dela, alegando um compromisso urgente, e correu para casa. No início da noite, um dos canais da tevê a cabo exibia um resumo semanal das melhores imagens de animais atacando seres humanos, um programa que o detetive achava imperdível.

Suely tocou a campainha quando a barriga do detetive já roncava. Vinha cheia de sacolas e um vestido comprido que só se justificava se estivesse sem calcinha. Adernando para um lado e para o outro, **Andrade** a acompanhou até a cozinha, onde deram um amasso que espalhou a conteúdo das sacolas pela pia.

— Tava com saudade da sua goiabinha? — ela perguntou com malícia.

— De pote — respondeu ele ansioso.

— Mas hoje tô naqueles dias — disse ela, mordendo os lábios e empurrando-o para longe.

— E homem liga pra isso? — retrucou ele apalpando suas pernas para ver se estava de calcinha. Estava e ainda por cima com aquela maldita fralda de castidade.

Ela o carregou para fora da cozinha.

— Para de xavecar e vai ver tua tevê. Quando a janta tiver pronta, eu chamo.

— E depois...

— Vamos ver..

Ele caminhou de volta à sala e se refestelou no sofá. Um homem com aspecto de lenhador brandia um pedaço de pau para um urso. Já tinha visto aquela cena e não dava em nada: o urso desistia.

Suely se recusou a revelar os ingredientes do caldo grosso e marrom que cobria o frango.

— Tá gostoso, come. Não precisa saber. E o teu caso, como tá?

— Praticamente resolvido. Um velho desviado bancava um playgay que vivia no cio. Quando o sujeito se engraçou com um artista, o velho decidiu dar cabo do tarado. Só falta pôr o velho na cena do crime.

— Fácil assim?

Andrade titubeou.

— Nesse trabalho nada é fácil. Mas hoje eu e minha assistente estivemos com o velho. Ele tentou jogar a culpa nos sócios do morto, mas não colou. Acho até que sei quem é o cúmplice: aquela cópia imperfeita criada em armário, o tal de Sandro. O velho deve ter oferecido uns trocados e uma promessa de vida em *dolce far niente* pra ele. Artista que não é da TV Globo, nem cantor de funk, está sempre pela hora da morte.

— Que complicação! — disse Suely, chupando o osso da coxa do frango.

Andrade levou a última coxa para seu prato antes que Suely avançasse nela.

— Vou explicar direito: esse Rubens, que morreu, era amante do velho, um embaixador rico e devasso.

Mas o Rubens queria namorar o Sandro, rapaz novo e bonito, que mexe com cinema. Cinema brasileiro, veja só. Uma noite, o Rubens está numa boate e vai falar com esse Sandro, sem saber que, na verdade, está falando com o irmão gêmeo dele, o Mauro. Este Mauro baixa o sarrafo no Rubens. Com o raciocínio típico de um homossexual, Rubens concluiu que a surra foi encomendada pelo embaixador, que estava chateado com a traição amorosa e passou a cobrar o empréstimo que Rubens fez para comprar a agência de turismo colorido. A vítima, Rubens, deve ter ameaçado o embaixador, que, por ciúmes ou para ocultar um segredo escabroso, mandou alguém pôr o sujeito para dormir mais cedo.

— Você acha que o velhinho fez isso?

— O cara não é velhinho. Tem idade, mas gasta o dia fazendo exercícios e se perfumando.

— Deve ser um velhinho gostoso — comentou Suely.

Andrade fechou a cara.

— Pra quem gosta de transar com cabo de vassoura.

— Seu grosso! — reclamou Suely.

O detetive empalideceu com a perspectiva de dar a noite por encerrada.

— Desculpe, amoreco. Vamos pra sala. Enquanto você vê a novela, vou mandando umas preliminares. Massagem completa.

Ela sorriu.

— Duas vezes.

— Até três.

Andrade acariciou a mão dela.

6

Andrade acompanhou a movimentação de Suely com o canto do olho. Esperou até ouvir a porta bater e então se levantou. Queria dedicar parte da manhã a preparar o bote sobre o criminoso e um café da manhã com Suely, conturbado pela perspectiva da chegada de Dó, arruinaria o seu dia. Precisava de tempo livre, mas, principalmente, de um estômago em boa ordem. Arrumou-se rapidamente, dispensando o banho, que já havia tomado de véspera.

Na padaria, trocou umas palavras com seu Osório. Gostava de lembrar o português das tristezas de ser vascaíno. De que não havia praia do Vasco na cidade. Tinha do Botafogo, do Flamengo, mas onde estava a praia vascaína? E também insistia, para loucura do comerciante, na história de que Vasco da Gama era Vice-Almirante, nunca alcançara o último posto. Depois de ouvir respeitosos desaforos do padeiro, aboletou-se para um café da manhã satisfatório. Só então, refestelado, seguiu seu curso para a delegacia.

Lá, encontrou Lurdes em estado de alerta.

— O que tá acontecendo?

— Prenderam o chefe do tráfico desse morro aqui atrás da delegacia. O que foi pacificado. Daqui a pouco chegam os jornalistas.

— E daí que prenderam?

— Se tava pacificado...

— E pacificação acaba com o tráfico? Já te disse, inspetora. Acaba é com a concorrência. Os drogados vão ter é que pagar mais caro. Bem feito!

— Mas...

— Esquece isso, Lurdes. Nosso papel é levar os criminosos à justiça. Essa matança selvagem entre traficantes é com outro departamento.

— Que departamento?

— Com a Igreja. Eles recebem o dízimo dos pobres pra fazer o miserável sonhar. Miserável que não sonha vira criminoso. Então, cabe a ela dar um jeito.

— Mas a Igreja...

— Sem mas mas, inspetora. Nosso trabalho é impedir que os animais selvagens abatam os animais domésticos. O que os selvagens fazem entre si é problema de Deus, que os criou.

A compreensão amenizou os vincos da fisionomia da inspetora.

— Então, o embaixador...

— ... não é o público-alvo da ação policial cotidiana. Nosso público vê novela e, no cinema, lê legenda com dificuldade.

Andrade inflou as narinas rotundas e estreitou os olhos diminutos. As bochechas fremiram.

— Entenda isso de uma vez, inspetora. A polícia não foi feita para pegar esse tipo de criminoso. Apenas alguns policiais, sim, nasceram para combater esses monstros que nascem no topo da colina social e acreditam que podem cuspir lá de cima em todos que se conduzem pelos preceitos da vida em sociedade. Eu sou um deles. E vou fazer de você alguém assim.

Um leve rubor cobriu as faces emocionadas de Lurdes.

— Obrigada, chefe. Ah, lembrei de uma coisa: Aline me ligou para passar uma informação. O Sandro, irmão do Mauro, tem saído com Téo e um homem mais velho. A descrição bate com a do nosso amigo de robe.

— O famigerado embaixador. Ele deve ser responsável por mais desencaminhamentos de jovens do que a Febem. Não duvido que esse Téo seja um cafetão nas horas vagas. Consegue a carne fresca que o velho Drácula precisa. Ele também trabalha com cinema, deve ter muita gente fresca para oferecer.

— O Drácula devia ser gay, não é, chefe?

— Claro que sim, inspetora. Que outro tipo de homem se prestaria a morder pescoços masculinos.

— E o magrinho cabeçudo, chefe?

— Quem?

— Esse Téo. Merece uma investigação também.

— É só um empregadinho. E ele não é cabeçudo. A testa grande é que faz parecer.

— Ele é o que chamam por aí de pederasta? — perguntou a inspetora.

133

— Não. O velho é que é. Vai, Lurdes. Pega um dicionário para variar a leitura. E me explica essa amizade com Aline, a namorada de um suspeito.

— Já disse antes, chefe. Ela é minha primeira informante — redarguiu Lurdes, sem graça.

— Sei. Vamos terminar, que tenho que sair para falar com informantes qualificados.

Pipa estava dando atenção a um rapaz moreno e barbudo que soprava sons indistintos numa flauta de madeira quando Andrade se apoiou no janelão.

— Já tá abastecido? Pode dispensar seu fornecedor.

— Que é isso, *boss*? O garotão é filho de diplomata.

— Boliviano. Deixa de onda e me dá as notícias.

Pipa se virou para o jovem e trocaram uns murmúrios. O jovem se afastou, soprando sua flauta.

— E aí? — insistiu Andrade, balançando a camisa para correr um vento.

— Tá na calma, chefia. Sem notícias.

— Sei. Nada da bicharada?

— Não, mas...

— O quê?

— Lembra de um malandrinho que fugiu pra Bahia depois de agredir um velho rico. A chefia andou procurando por ele uns tempos atrás...

— Sei.

— Tá lá embaixo, pegando onda.

Andrade desviou a vista para a areia. Um bando de turistas se misturava aos desocupados habituais.

— Traz ele aqui.

Pipa balançou os ombros como um boneco animado.

— Mas chefia...

— Eu tomo conta do seu entreposto ilegal. Vai lá e traz o marginal.

— Vou dizer o quê?

— Que ele foi sorteado com uma dose de crack! — berrou Andrade. — Sei lá. Inventa!

Pipa passou por baixo da bancada e correu para a areia, que devia estar quente pelos pulos que dava. O detetive apanhou uma cerveja e bocejou. Era cansativo. A população precisava ser empurrada para a virtude. Pipa retornou pela areia com um rapaz de físico esguio, sorriso bonito, que exalava uma sexualidade ambivalente. A bermuda que usava caía displicente, mostrando o início dos pelos pubianos. Vinha tranquilo, animado, num papo ameno com Pipa, recheado de risadinhas. Quando passaram por Andrade, encoberto pela quina do quiosque, ele encostou a arma nos quadris do moleque.

— Caralho! — gritou o jovem.

— Vocês dois — bateu com o cano em cada um. — Virados para o balcão ou... — continuou Andrade em tom de ameaça.

— Eu sou dono do quiosque — reclamou Pipa, fingindo não conhecer o detetive.

— Pra dentro, então. E me passa uma cerveja gelada.

— Eu sou primo dele — disse o jovem, apontando Pipa, que deu de ombros.

— Você é o agressor do embaixador que mora aqui perto. Um prostituto seboso, que, se não se comportar, vai para a delegacia soprar flauta carnuda de bandido.

Com um puxão, o detetive girou o jovem.

— Não lembro mais seu nome — rosnou.

— Bruno, detetive. — O rapaz ergueu o queixo, com uma ponta de soberba.

Andrade colocou o polegar no queixo dele e empurrou com força.

— Se levantar esse queixo de novo, vai encontrar ele na garganta. Se mentir de novo, vai sentar nessa garrafa pelo bico até ela sumir dentro de você.

O rapaz engoliu em seco.

— Eu não fiz nada de errado. Me conhecem como Fabinho.

— Vem de Bruno?

— Fábio — confessou sem jeito.

— Melhor assim. Eu estou te procurando há muito tempo. Você não sabe o tanto de raiva que me fez passar. Responde direito e pode ser que a raiva passe.

— Eu fui visitar minha família na Bahia.

— Devia ter ficado lá.

— Preciso trabalhar.

A mão aberta de Andrade bateu no peito de Fabinho, dobrando o jovem ao meio.

— Você tem andado com o embaixador?

O garoto negou, ainda tossindo.

— Nunca mais vi. O velho tirou a queixa, você não tem mais que me procurar.

136

— *Você* é o corno do seu pai. Me chame de senhor. Quem te disse que o embaixador retirou a queixa?

— Ouvi por aí.

Andrade agarrou o pescoço de Fabinho. Pipa pigarreou ao lado de Andrade.

— O que foi? — O detetive voltou a atenção para Pipa.

Pipa apontou para um grupo de velhinhos vestidos de turistas. Olhavam a cena, horrorizados.

— Vão acabar chamando a polícia, chefe.

— Vamos sentar ali, então.

Andrade e o jovem sentaram ao redor de uma mesa de plástico, ao lado do quiosque.

— Continua, pivete. Mas fica atento, que mais um abuso verbal e você vai perder a única coisa limpa nesse corpo infecto: os dentes.

— Eu tô falando na boa. O embaixador mandou me dizer que a bronca dele tinha terminado. Mas não encontrei mais com ele. Juro.

Andrade levantou o celular e tirou uma foto de Fabinho. Depois, obrigou-o a mostrar a carteira de identidade e tirou uma foto dela também.

— Vou conferir. Se for mentira vai ser melhor você voltar para o cangaço junto da família.

O detetive se ergueu. Fabinho ia fazer o mesmo, mas foi contido pela mão descomunal sobre seu ombro.

— Fica aí. Aproveita a liberdade. Nunca se sabe quando essa folga vai terminar.

Num passo cambiante, o detetive atravessou a rua e foi engolfado pelos prédios cinzentos do bairro.

— Hipopótamo de merda! — xingou o rapaz. Pipa ergueu uma garrafa num brinde mudo.

No caminho para casa, Andrade foi alcançado por uma ligação de Lurdes. A inspetora, com voz excitada, lhe disse que havia analisado as gravações das câmeras de vigilância do prédio. Não só o embaixador havia saído na noite do crime, como também Sandro era um frequentador assíduo da casa dele. Téo também era um frequentador habitual. Andrade desligou, inebriado. Os indícios se acumulavam, vindo das fontes mais díspares. O embaixador fora namorado de Rubens. Rubens se encantara com Sandro. O embaixador atraíra Sandro para uma vingança contra Rubens. As testemunhas, Téo e os sócios da agência, poderiam ser espremidas, como frutinhas que eram. Em seguida, seria a vez de Sandro. Ele então confessaria aos prantos que fora induzido ao crime pelo embaixador.

Enquanto falava consigo mesmo, o detetive esfregava as mãos e retorcia os lábios, extravasando um contentamento que assustou alguns desavisados que lhe cruzaram o caminho. O porteiro abriu a porta e surpreendeu-se ao ver o rosto do detetive desfigurado pelos traços de felicidade.

Uma sinfonia dissonante, misturando um programa de rádio, chiados de fogo e barulho de pratos, o circundou ao entrar em seu apartamento.

Dó apareceu na sala esfregando as mãos no avental.

— O senhor não podia avisar que vinha pro almoço? — reclamou.

— Eu gosto de fazer uma surpresa de vez em quando. Pra você saber que estou de olho.

— Eu vou fazer uma surpresa pro senhor comer — ela retrucou, aborrecida, dando meia-volta e sumindo na cozinha.

— Isso — resmungou o detetive da sala. — Só quero um motivo para dar justa causa. Infelizmente, no Brasil, a gente não pode despedir por mau serviço. Precisa esperar o empregado ficar doido.

— Um dia vou no trabalho do senhor saber a opinião do seu chefe — gritou ela da cozinha.

Uma ponta de preocupação turvou a alegria de Andrade. A nanica era maluca o suficiente para fazer algo semelhante. Só de imaginar ela e o delegado conversando, uma dor de cabeça já se insinuava.

— Depois que entrar, vai ter que pedir ajuda pra sair. Quem me diz que você não tem uma ordem de prisão lá no buraco onde nasceu.

— Meu inferno é aqui.

Andrade abandonou a conversa com um tapa no ar, rumando para o escritório, onde trancou a porta e acomodou-se na poltrona de braços gordos e espaldar alto. Por uma boa hora ruminou, entre cochilos, os detalhes do caso. Ainda não tinha um modo de obter as provas que colocariam o embaixador no seu devido lugar. Faltava na democracia a categoria "cair em desgraça", para ser usada quando um dos grandões fosse pego com a boca na botija e pronto, poderia ser tratado pela polícia como o bandido que era.

Foi acordado pela voz estridente de Dó, chamando para o almoço. Durante a refeição, já exausto pelo tempo gasto na tentativa de conceber um plano brilhante, resignou-se ao cardápio habitual: pressionar as testemunhas mais próximas, os furúnculos da doença criminal, até que a espinha da verdade brotasse inconteste, aliviando a pele social. Só após esta conclusão, o detetive pôde se dedicar com afinco ao bobó de camarão, com chuchu e arroz, preparado pela folgada em miniatura. Dó mesmo só havia aparecido na sala no início do almoço para dizer que ia fazer compras e depois tiraria a mesa. Sua aparição repentina havia embaçado uma ideia que Andrade estava seguro de conter a solução de tudo.

— Você interrompeu minha cadeia de pensamentos! — grunhiu o detetive com a boca borrada de um tom laranja.

— Eu vou fazer compras, e vim avisar. O senhor não pensa com o ouvido.

— Eu estava no final de um pensamento que ia limpar a sociedade de um criminoso solerte.

Dó deu de ombros.

— Melhor limpar a camisa antes de sair.

Andrade olhou para baixo e viu a mancha de comida.

— Droga!

Dó, então, saiu sorridente.

Ao chegar à sua mesa na delegacia, Andrade foi surpreendido pela visão de Lurdes de papo com Fabinho, o jovem vigarista que ele atormentara pela manhã.

— Demorou menos tempo que eu imaginava — comentou acidamente.

Lurdes se apressou a dizer:

— Estava esperando o senhor para conversarmos numa salinha.

O jovem abriu um sorriso brincalhão.

— Ó nóis aqui outra vez.

O detetive o encarou gélido.

— Inspetora, leve esse traste para uma salinha que já vou ter com vocês. E leva um alicate. Se esse rebotalho mostrar os dentes mais uma vez, vou arrancar um a um.

O sorriso sumiu do rosto do jovem. Lurdes o pegou pelo braço e o arrastou para longe de Andrade.

A salinha era uma das muitas num corredor abafado, nos fundos do andar. Uma janela bem no alto, uma mesa de metal e duas cadeiras do mesmo material. Não havia como não se sentir meio preso, simplesmente por estar ali. A inspetora estava de pé e Fabinho sentado. Andrade entrou e virou a cadeira para se apoiar no encosto.

— Como está indo o papinho? — perguntou aos dois.

— O Fabinho aqui veio nos trazer umas informações, chefe.

Andrade torceu o rosto num esgar pacífico.

— Que bom. Assim vai limpando o carma para não precisar voltar como veado na próxima encarnação.

O jovem ficou em choque com a grosseria, apertando os dedos no assento da cadeira.

— Não sou acusado de nada, não — disse, indignado. — Se vocês não querem saber de nada, já fui.

Lurdes sentiu que não era hora de se meter na conversa. Deu dois passos aleatórios pela salinha.

— Muita calma nessa hora, pequeno príncipe — ripostou Andrade, em tom mais ameno. — A polícia sempre agradece a colaboração de vocês, meliantes inofensivos.

— Assim não dá. — O jovem procurou o olhar da inspetora em busca de auxílio.

— Ele tem uma história boa — ajudou Lurdes.

— Desembucha — disse o detetive, depois de limpar a garganta com uma tossida gloriosa.

— De manhã, o senhor disse que queria saber coisas do embaixador. Eu sei de coisas.

— Imagino. Mas não vamos começar um relato de indecências que temos uma moça presente.

Fabinho procurou a moça e deparou-se com Lurdes: cabelos curtos e louros, rosto encovado, postura militar, botinas e casaco de couro. Decidiu continuar.

— Uma vez me apresentaram o embaixador numa festinha genérica.

— Genérica?

— Não tem mulher, mas tem genérico — explicou Fabinho, com um sorriso debochado.

— Continua, moleque! — bradou o detetive sem comprar a gracinha.

— Eu saí umas vezes com ele, o senhor sabe. Não deu certo, o embaixador é muito ciumento. Quer controlar a gente. Eu sou uma alma livre.

— Um cabritinho das montanhas — ironizou Andrade. — Vamos lá!

— Eu apresentei o Ruba para o embaixador, eles ficaram um tempo juntos, mas o Ruba já estava sufocado. Aí conheceu o Sandro, caiu de quatro, e quis pular fora do velho. O embaixador ficou puto, disse que ia tirar a agência dele. Ele insistiu e o embaixador começou a dar em cima do Sandro.

— Dar em cima como? — perguntou a inspetora.

— Fazer gentileza. Dizer que ia investir em cinema nacional, que o Sandro ia dirigir um filme. Isso mexe com a cabeça, não é?

— Como é que você sabe tudo isso? — falou Andrade, desconfiado.

— Eu sou amigo dessa turma. Sou amigo de muita gente — disse orgulhoso. — Na noite em que o Ruba morreu, ele me disse que ia dar uma dura no Sandro. Ou o Sandro largava o embaixador, ou ele ia dizer pro velho que eles continuavam se encontrando pelas costas dele, e aí — Fabinho fez um gesto de desconsolo — bau bau pro filme que ele queria fazer.

Andrade ficou um tempo em silêncio. Afinal, se levantou:

— Inspetora, grave o depoimento desse marginal num vídeo. Você — apontou para Fabinho — deixe um endereço em que a gente possa te buscar se quiser continuar o papinho. Eu vou sair para respirar um ar menos poluído.

Lurdes encontrou Andrade sentado à mesa de trabalho.

— Ele já foi, chefe. E nós gravamos tudo.

— Odeio esse tipo de gente que se aproveita da fraqueza alheia — comentou Andrade, como que se desculpando pela partida abrupta. — Você conseguiu mais alguma coisa do safado?

— Não. O que fazemos agora, chefe?

— O de sempre. Vamos derrubar esse castelo de mentiras onde se abriga o embaixador. Vamos conversar com esse Sandro, afinal. Ele deve estar esperando nossa visita há dias. Deve estar nervoso. Vai ser fácil chacoalhar o rapaz e arrancar uma confissão.

— Trago ele aqui?

— Não. Vamos ao trabalho dele, para deixá-lo mais desconfortável.

O entardecer se insinuava quando o detetive e a inspetora se identificaram no portão de entrada. Cruzaram, então, o pequeno jardim e, juntos, impulsionaram a porta dupla que dava acesso à produtora de cinema, dando um susto na recepcionista que alisava o cabelo com uma das mãos enquanto atendia ao telefone com a outra.

— Meu Deus! — exclamou ela, ao ver a figura gigantesca de Andrade ao lado da inspetora, que lembrava uma oficial nazista, marchando na sua direção. A jovem, uma loura peituda e atraente, desligou a chamada sem se despedir.

— Somos a inspetora Lurdes e o detetive Andrade, investigadores da polícia — disse Lurdes, num tom formal. — Queremos falar com o senhor Sandro...

— Claro — suspirou a loura. — Eu avisei o Sandro logo que abri o portão.

Era uma casa antiga, de assoalho de madeira escura e portas altas. A sala de reuniões para onde foram conduzidos era grande, com uma televisão enorme na parede.

— 3D — a loura revelou com orgulho.

— Sei — resmungou Andrade, aboletando-se numa cadeira de couro moderna e desconfortável.

A jovem ofereceu água e café, que foram aceitos. Um flato inadvertido foi liberado pelo detetive, produzindo na jovem um novo sobressalto. Ouviram-na apressar o passo lá fora.

— Muito pão — explicou Andrade, sem constrangimento.

Lurdes assentiu. Desviou a vista para uma pilha de revistas variadas e se pôs a folheá-las, evitando a cena de Andrade enfiando a mão nas calças pelas costas para reacomodar a cueca à bunda.

O rapaz que entrou afogueado era de fato uma cópia de Mauro, o mesmo rosto e cabelos, mas num corpo mais gracioso, com um quê melancólico. Lurdes sentiu um impulso de confortá-lo. Andrade logo detectou nele um temperamento dissimulado e diabólico.

— Eu esperava que um dia os senhores, enfim, fossem me chamar. — Na voz havia um lamento singelo.

— São só uns esclarecimentos — apressou-se Lurdes, desconfortável com o papel de antagonista de uma figura tão carente.

Sandro passou um dedo pela testa num gesto de timidez.

— Qual é a sua relação com a vítima, de nome Rubens? — trovejou Andrade.

A voz possante do detetive fez Sandro se contrair todo, como se desejasse voltar ao útero. A inspetora tentou compensar com um sorriso tranquilizador.

— Eu... bem... eu fui assediado por ele.

O detetive dedilhou a mesa, impaciente.

— Pela vítima? — perguntou Lurdes de forma carinhosa.

— É. Eu o conheci numa festa, bebemos um pouco, combinamos de sair. Uma noite saímos para... sabe, bater papo. Eu voltei faz pouco tempo dos Estados Unidos, fiz faculdade lá, não tenho muitos amigos.

— Vamos lá — incitou o detetive.

— Mas ele foi muito insistente, bruto até. Decidi não me encontrar com ele de novo. Então, ele ficou me cercando, insistindo, mandando mensagens através de conhecidos.

— Você não disse que não conhecia ninguém? — interrompeu Andrade, irritado com a desfaçatez do rapaz.

— No cinema você conhece muita gente. Mas não faz muitos amigos — disse simplesmente. — Mas, então, onde eu estava? Ah, esse Rubens foi ficando insistente, até me confundiu com meu irmão e armou uma confusão enorme numa boate.

— E você estava com raiva dele? — insinuou Andrade.

— Raiva, não. Só não queria ter que encontrar com o cara de novo. Uma vez bastou.

Andrade se levantou para esticar as costas e coçar o peito com as manoplas gordas, com ares de um galo furioso, para assombro de Sandro e Lurdes.

— Vamos parar de choramingar e enfrentar os fatos. O senhor, apesar dessa fachada de delicadeza, matou friamente um empresário promissor, em conluio com um velho agiota, travestido de diplomata. Nós sabemos disso e estamos bem documentados por testemunhas.

— Chefe — ponderou a inspetora, saindo em proteção ao rapaz.

— Eu nunca matei nem uma mosca — horrorizou-se Sandro, encolhendo-se.

Lurdes resistiu ao impulso de abraçar aquela figura angelical. Andrade pôs as mãos nos quadris, indignado com o comportamento da inspetora e do suspeito.

— Porte-se como homem, diabo! É assim que você age com aquela tiazinha? Pede um colinho ao embaixador?

Sandro reagiu imediatamente à menção desairosa à sua relação com o embaixador.

— O embaixador é um intelectual e filantropo, seu energúmeno.

Lurdes trincou os dentes à espera do pior. Mas, para sua surpresa, Andrade tornou a se sentar, mais calmo.

— É? Ele vai financiar seu filme?

— Vai, sim — afirmou Sandro, recuperando a confiança.

— Não foi o que ele nos disse ontem. Insinuou que não queria se envolver com gente que podia trazer embaraços. Afinal, é um homem de sociedade.

— Duvido que ele tenha dito isso — contrapôs Sandro.

— Onde você estava na noite do crime? — perguntou Lurdes, na busca desesperada por um álibi que tirasse o anjo das garras do detetive.

As mãos de Sandro se agarraram à mesa num gesto sofrido. A inspetora percebeu que o tiro saíra pela culatra. A voz de Andrade se agigantou:

— Na boate, não é?

Ele concordou em silêncio.

— Pois saiba que as câmeras de segurança o flagraram bem flagrado. Posso bem imaginar, você e seu jeitinho dengoso atraindo o pobre empresário para uma armadilha num beco. A vítima, a despeito da sua reconhecida probidade, era um devoto da lascívia e seria incapaz de resistir a um beco com promessas de luxúria.

Sandro tapou a boca num gesto amedrontado.

— Eu só vou falar com um advogado — murmurou baixinho, à beira das lágrimas.

— Inspetora, acalme esse títere do embaixador e marque uma acareação formal na delegacia entre ele e nossa testemunha-chave, o Fabinho. Vou checar umas informações.

Andrade se ergueu como um Napoleão vitorioso e cambaleou para longe dos escombros da batalha. Ele deixou a produtora e saiu em um passeio por Botafogo, andando na direção da praia. Quando se mudara para Copacabana, Botafogo era um bairro sonorizado pelos colégios. E cheirava a amônia. Agora via bares moderninhos, centros culturais, museus suíços. Passavam por ele mais jovens de brincos que homens de branco. Aquilo havia se transformado num reduto gay. Nada contra, exceto pelas calçadas estreitas que ofereciam à comunidade uma oportunidade ímpar de se esfregar nos passantes.

Um alívio percorreu seu corpo ao alcançar as calçadas mais largas da avenida que dava início ao Aterro do Flamengo. Mais um caso prestes a ser resolvido, disse consigo mesmo, antecipando a frustração dos seus desafetos da delegacia, em especial o delegado Otávio, por certo um frequentador das noites de esbórnia dos bares botafoguenses.

Com passos tranquilos, cheio de si, Andrade acercou-se de uma entrada ampla, com largas portas de vidro, que anunciavam o complexo de salas de cinema em frente à praia de Botafogo. Preferia ir ao cinema nesses momentos, quando a cabeça estava descansada pela conclusão de um caso e o meio da semana garantia uma sala vazia, onde seu tamanho não seria obstáculo para gente sem educação. Na bilheteria, escolheu uma comédia de costumes brasileira. Tinha saudades do tempo em que o cinema nacional era mais apimentado e independente e não apenas uma mera transposição da tevê para uma tela maior. Na época, as mulheres brasileiras apareciam ali sem pudor. Não tinham competidoras no mundo: Vera Fischer, Sandra Bréa... Atualmente, viviam num tempo de secura, de modelos esqueléticas, de bundas mirradas, que mal despertariam a libido de um árabe no deserto. Fazer o que, ele refletiu desconsolado, se diretores de cinema eram gays, donos de lojas de roupas eram gays, cozinheiros eram gays. Até pedreiros estavam se tornando gays nesse mundo verde.

O filme era uma comédia sobre um casal que trocava de corpo com o parceiro, uma nítida alusão dos autores à ambiguidade sexual dos moderninhos. Algo assim como: "Vejam como pode ser divertido viver como o outro sexo."

Na calçada, após ter passado a raiva do filme, o detetive parou para comprar uma pipoca, metade salgada metade doce. Enquanto se deliciava com a mistura de sabores, imaginou como se sentiria acordando no corpo de uma mulher. Viraria lésbico. Não tinha preconceito com nada, mas odiava gente: homens, em especial; e a sociedade inteira, em geral.

7

Ao subir para a sala do delegado, o detetive Andrade tinha em mente que precisava garantir que a acareação agendada para a tarde terminasse com a prisão preventiva de Sandro. Na noite anterior, Lurdes lhe passara a informação de que as câmeras da boate confirmavam a ida de Sandro na direção do beco, logo após a saída de Rubens. Tinha o testemunho de Fabinho, figura de pouca credibilidade num tribunal, mas que fora consistente ao corroborar a conexão entre a vítima e os dois criminosos. Conforme Andrade supusera desde o início, havia um triângulo amoroso amplificado por interesses financeiros. Vingança e ganância, palavras-chave do manual do crime. Despertados pela oportunidade e audácia, os homens sucumbiam à bestialidade, dessas que se viam nos canais de tevê.

Munido das últimas reservas de paciência que alimentara durante seu longo café da manhã, o detetive abriu a porta da sala do delegado, depois de perguntar delicadamente à secretária se a família estava passando bem. Entrou sorridente, mas quase engasgou ao ver o delegado sacar uma arma do coldre na sua direção. Um chapéu de cowboy cobria a testa calva. Seu rosto tinha bigode e cavanhaque pintados a lápis.

— Festa junina da filha. Dei um toque de western — explicou o delegado Otávio ao perceber que Andrade havia parado à porta, pasmo com a cena. — O revólver é de brinquedo — continuou, apontando a poltrona preferida de Andrade com o cano da arma.

O detetive se sentou no lugar indicado.

— Ficou bom? — perguntou o delegado, abrindo os braços.

— Hum — disse Andrade num muxoxo desanimado. — Falta um lenço no pescoço.

Quem sabe, pensou Andrade, um PM novato, mais tenso, não lhe mandava chumbo por engano.

— Será? Não ficaria muito ameaçador?

O detetive examinou a pessoa que tinha diante de si. Magro, de altura mediana e mãos de donzela.

— Não acho, não — respondeu.

Otávio apreciou a ideia por um momento, enquanto contornava sua mesa para se sentar.

— Pode ser, pode ser. Mas vamos lá: qual é a queixa, agora?

— Quem pode se queixar de uma vida de riscos compensada por um salário de fome — disse Andrade, fazendo uma careta que pretendia mostrar inocência, mas assustaria uma criança.

A boa vontade do delegado murchou como um balão furado.

— Então o que você quer, comissário?

Andrade usou da reserva de paciência para ignorar a provocação. Alguém no poder público tivera a brilhante ideia de identificar um graduado cargo policial com a alcunha atribuída a garçons que andavam nas nuvens e usavam batons. O delegado sabia bem que ele preferia o digno título de detetive, por isso o evitava, num constante assédio, que terminaria nas barras dos tribunais ou com um soco bem dado nas suas fuças delicadas.

— Eu gostaria de deixar no forno um pedido de prisão temporária para um suspeito no caso daquele empresário gay que foi assassinado. Nós vamos conduzir uma acareação mais tarde e quero estar pronto para agir.

— No forno?

— É, já temos evidências suficientes para o pedido de prisão. Quero ter a ordem de prisão na gaveta para jogar o criminoso numa cela, assim que a careação acabar.

— Quais são as evidências, faça o favor de me dizer então. — A voz do delegado era de incredulidade absoluta.

Andrade se recostou a fim de coçar as costas, balançando a volumosa barriga e gerando uma marola de carne visualmente desagradável. O delegado desviou o olhar da cena nauseante.

— Bem. Em primeiro lugar, o objeto do pedido, um rapaz chamado Sandro, é um vagabundo que trabalha aqui e ali em cinema; portanto, imerso em urgentes dificuldades financeiras. Ele conseguiu o apadrinhamento do embaixador...

Por alguns minutos, o detetive discorreu sobre os indícios acumulados durante a investigação. Ao final, o delegado não parecia convencido.

— O embaixador é aquele que pediu ao secretário de Segurança que você cuidasse do caso?

— Exatamente. Mas já está arrependido. Nunca pensou que eu fosse descobrir o véu tecido por ele e seu comparsa para obliterar...

— Qual foi o motivo, afinal? — interrompeu o delegado com rudeza, empanando o brilho com que Andrade pretendia apresentar suas conclusões e diminuindo sua reserva de paciência.

O detetive deu uma série de ruidosos pigarros antes de continuar.

— Rubens, a vítima, ameaçava a ambos, embaixador e Sandro. Não aceitava que o embaixador, a quem largara ao se apaixonar por Sandro, usasse seu dinheiro para tomar seu amante. Ameaçava o embaixador com as histórias escabrosas vividas pelos dois, histórias que poderiam abalar o prestígio social dele. E também com conversa de que não pagaria o dinheiro que lhe fora emprestado para montar a agência de turismo.

— Mais alguma coisa?

— Rubens ameaçava Sandro, dizendo que contaria ao embaixador que eles continuavam se encontrando.

O embaixador, como sabemos, é um velho psicopata, controlador e autoritário.

O delegado levou uma mão ao queixo, pensativo. Com a outra, fazia o chapéu oscilar sobre a mesa, irritando o detetive, para quem a cena toda beirava o pouco-caso.

— Você tem provas ou essa é mais uma daquelas de suas histórias?

O detetive engoliu em seco, ultrajado pela insolência.

— Temos. Provas circunstanciais insofismáveis e que se multiplicam a cada dia.

— Ainda não vejo como embasar o pedido. É melhor esperar provas mais consistentes, Andrade. Uma conexão material com a cena do crime. Ou uma testemunha que tenha visto alguma coisa.

Andrade se agitou na poltrona.

— Mas nós temos a câmera de vigilância da boate que registra a saída da vítima e depois a do criminoso. Ambos indo para um beco. Nenhum dos seguranças da boate viu ninguém mais por ali.

— Não é conclusivo — vaticinou o delegado.

— Uma ova! — bradou o detetive, se contorcendo na poltrona para se levantar. Com muito custo, conseguiu. Dedo em riste, avançou para a mesa do delegado. — Nós prendemos gente por ouvir dizer.

— Não na minha gestão — retrucou o delegado sem se intimidar com a presença cada vez mais volumosa de Andrade.

O detetive parou, arfando muito, a barriga quase pousada sobre a mesa.

— Isso não é história de quadrilha em tarde de festa junina.

A menção pessoal irritou o delegado.

— Faça uma investigação correta, Andrade. Leia o relatório dos peritos. Deve haver evidências, um fio de cabelo, uma impressão digital...

— A cena do crime é um beco imundo. Não é um hospital.

O delegado colocou os óculos e abriu um relatório com violência, dando por encerrada a discussão.

— Tudo bem? — perguntou a secretária ao ver a saída intempestiva do detetive.

— Um dia o palhaço põe fogo no circo — retrucou Andrade.

No meio do caminho de casa, lembrou-se de que tinha uma acareação para conduzir. Bufando, soltando todos os palavrões que podia associar à família do delegado, decidiu almoçar por ali mesmo. Dois quarteirões acima da delegacia havia um restaurante da orla cujo dono lhe devia um favor e onde podia contar com preços honestos e porções razoáveis. Voou para lá.

O telefone tocou justo quando estava prestes a sentar.

— Chefe. — A voz de Lurdes parecia aflita. — Já tinha ligado para o senhor mil vezes. Disseram que o senhor saiu voando da delegacia. Não consegui achar o garoto, o Fabinho, até agora. O que eu faço?

Andrade coçou a cabeça. Mais problemas.

— O quê?

— O que eu faço? Mantenho a acareação?

— Acareação com uma parte só? Cancela! Cancela tudo e vai pra casa!

— Ahn?

— Faz o que você quiser. As pressões estão chegando de todos os lados. Esse embaixador tem apoio aí dentro. Precisamos repensar nossas ações.

— O que eu faço? — a inspetora repetiu mais uma vez.

— Passe um pente-fino em todos os envolvidos, dos sócios ao embaixador. As relações, as brigas, as fofocas dos vizinhos. E encontre esse maldito garoto. Ele tem o que nos contar. Vou atrás das provas derradeiras.

— Onde?

— Onde eles menos esperam — disse Andrade, pousando o cardápio. Já tinha escolhido o prato.

O almoço, uma caldeirada completa, com reforço no pirão, amoleceu o ânimo combatente do detetive. Num passeio vagaroso, pós-almoço, procurou um local calmo para um café restaurador. Encontrou uma delicatessen recém-inaugurada, com jeito de estrangeira e de aspirações artísticas, na qual se deixou ficar café após café, lendo uma revista oferecida pela própria loja.

Quando terminou a revista, resolveu dar uma passada no shopping para ver se a turma de lá tinha novidades. O velho Dirceu havia ligado no dia anterior, quando não tinha tempo para desocupados, mas a situação mudara um pouco desde então.

Andrade havia digerido parte da revolta com a refeição, mas o resíduo ainda o incomodava. A prisão preventiva de Sandro seria o estímulo ideal para que confessasse tudo. Toda investigação tem esse momento. A hora em que só um tranco faz a máquina da justiça funcionar. E o delegado emperrara a máquina, talvez a soldo do embaixador.

Na entrada do shopping, deu-se conta de que as esperanças de que aquela absurda materialização de desprezo pela arquitetura desaparecesse um dia eram vãs. O shopping estava lotado de gente miúda que se atropelava num trânsito louco. Uma variedade escandalosa de tipos estranhos, como se aquela construção horrenda atraísse os refugos de testes genéticos mal--sucedidos.

O estado de espírito de Andrade não era dos melhores ao irromper no centro comercial como um foguete desgovernado na direção das escadas rolantes. Sem pensar nas consequências, desfilou seu corpanzil à frente da lavanderia coreana, palco de uma investigação anterior, da qual restara um desafeto duradouro entre ele e os proprietários orientais. Ninguém veio à porta para confrontá-lo e retomou seu trajeto para a administração do shopping.

Andrade estava de pé, diante de Walberto e Dirceu, que sentavam em pequenas cadeiras plásticas, herdadas de alguma festa infantil. Janete, a mulher do porteiro, sentava entre eles, aflita. Como manicure *delivery*, fora obrigada a cancelar clientes para estar ali.

— Eu pedi ao doutor Dirceu para reunir vocês aqui porque a cidade precisa de seus conhecimentos específicos. Apesar de a polícia ter um contato diário com o povo mais hediondo, há pequenos guetos que são mais familiares a pessoas como vocês. Você, seu Dirceu, é do tempo dos internatos; dona Janete faz as unhas e ouve confidências de todas as mulheres e efeminados do bairro, e o nosso bom pernambucano aqui é parte de um coletivo de fofocas e boatos que cobre o bairro inteiro. Vocês três podem usar essas competências para continuar a favorecer a disseminação da lama moral que nos cobre quase por inteiro ou podem me ajudar a combatê-la.

Os três acompanharam incomodados, mas em silêncio, o início da conversa. Dirceu ergueu a mão.

— Eu prefiro ouvir as perguntas no fim — cortou Andrade. — Continuando. Eu preciso que usem seus contatos para encontrar testemunhas que possam ter visto o embaixador e este rapaz, chamado Sandro, envolvidos em atividades estranhas. — Mostrou as fotos para todos. — São os suspeitos do assassinato de Rubens, colega de vocês neste condomínio notório. O importante é que eu preciso de provas e testemunhas que os liguem ao crime, não preciso do "ouvi dizer" ao qual vocês se acostumaram.

Walberto ergueu a mão.

— Pode falar.

— Quando alguém ouviu que alguém viu é prova ou "ouvi dizer"?

— Se quem viu é gente decente é prova.

Walberto torceu o canto dos lábios, mergulhando numa reflexão profunda.

— Eu não sei de nada — disse Janete, sem levantar a mão.

— Eu não perguntei nada a você, dona encrenca — respondeu o detetive.

— Então eu vou embora — resmungou ela.

— Pode ir.

Dirceu se levantou com a testa franzida.

— Calma, minha gente. Estamos aqui em prol da cidadania. Nós podemos ajudar nossa comunidade e vamos atender a esse chamado do dever, não é?

Dirceu deu um olhar apaziguador para os dois, que se olharam enfezados. Walberto continuava a torcer os lábios, mas se retraíra na cadeira.

— Tem um porteiro — disse Walberto, desarmando o clima — que aparece de vez em vez, que é da casa desse embaixador. Apareceu outro dia e jogou na roda que acha que o embaixador não é mais boiola não.

Andrade caiu na cadeira maior, atrás da mesa de trabalho, nocauteado pelo absurdo.

— Por favor, isso não é um culto. Não quero saber de milagres, quero saber de fatos.

— Ele disse que é porque não tem subido homem pro apartamento dele desde que o defunto morreu — insistiu Walberto.

— Tá bom — concedeu Andrade para encurtar a história. — E por que o senhor me ligou, seu Dirceu?

— Ah, pra botar a conversa em dia — sorriu com agrado.

— Tem mais — disse Walberto.

— Mais?

— O defunto foi posto para correr do apartamento do embaixador depois de uma brigalhada que deus me livre. Quem disse foi o porteiro.

Andrade teve ganas de esganar o baixinho.

— E agora você me diz isso? Fatos! Isso é um fato! Então eles brigaram. Qual o nome do porteiro, mesmo?

— Bentinho Sarrafo.

Bentinho Sarrafo, repetiu Andrade mentalmente. Até quando vou suportar essa gente, pensou com amargor.

Logo ao chegar a seu apartamento, Andrade ligou para o fornecedor de grampos telefônicos, usando seu aparelho pré-pago, cujo titular era a carteira de identidade de um morto.

— Átila, que bom ouvir você — disse a voz do outro lado da linha, identificando Andrade pelo codinome de contato.

— Preciso de info.

— No lugar novo, às dezessete, ok?

— Ok.

Às cinco da tarde, o detetive se aproximou de um homem postado em frente a um jornaleiro, que folheava revistas placidamente. Andrade largou uma revista *Caras* na prateleira da banca. O homem a recolheu discretamente.

— O serviço é pra hoje — sussurrou Andrade.

— Impossível — murmurou o homem.

— Com taxa de urgência — disse o detetive em tom baixo.

— Daqui a duas horas — respondeu o outro.

Depois de gastar o tempo num supermercado, anotando preços para contrapor às contas de Dó, o detetive retornou à banca de jornal e pegou seu envelope. Dali mesmo ligou para Lurdes, pedindo que passasse em sua casa à noite. Se o delegado imaginava que iria impedir com operações tartaruga que ele, detetive Andrade, pusesse as mãos nos criminosos, estava prestes a ter uma surpresa das boas. Ia soterrá-lo debaixo de tantas evidências que não teria fôlego para ser um obstáculo à justiça. E este gasto com a quebra ilegal do sigilo telefônico seria recuperado através da caixinha de informantes. Com juros.

Lurdes apareceu na hora em que Andrade punha na mesa de jantar as travessas deixadas por Dó. O detetive trouxe mais um prato e a convidou para dividir com ele a refeição. Era simples, esclareceu Andrade: um bife de panela com molho ferrugem bem acompanhado de salada de batatas e arroz maluco. Para molhar a comilança, Andrade abriu um vinho. A alegria de Lurdes, ali com ele, merecia uma fotografia.

O interfone os interrompeu ao fim da refeição, enquanto recolhiam os pratos. Andrade atendeu. Uma expressão tensa cobriu seu rosto.

— O que foi, chefe? — perguntou Lurdes vendo a mudança de humor no detetive.

— Confusão — disse Andrade, enquanto soava a campainha.

Abriu a porta e saiu do caminho de Suely, que entrou soltando fumaça.

— Seu porteirinho quis me enrolar lá embaixo. Ele sabia que tinha truta defumando aqui em cima.

Andrade deu uma risada cheia de embaraço.

— Cadê ela? — gritou Suely.

Lurdes apareceu na sala.

— Boa noite — disse com um sorriso simpático.

— Ah, é — respondeu Suely, partindo para cima dela. Andrade a conteve com uma das mãos, tapando a boca, que despejava palavrões, com a outra.

— A Lurdes é minha assistente. Inspetora Lurdes — esclareceu o detetive.

Suely continuava a se retorcer, tentando escapar, sem dar bola para o que ele dizia. Lurdes arregalou os olhos, mas adotou uma posição defensiva, pronta para rechaçar a louca.

163

— Lurdes, a Suely é uma amiga antiga — disse ele, já tendo que aumentar a força para manter Suely quieta.

Suely deu uma mordida na mão dele.

— Ai, droga!

— Amiga é sua mãe, Andrade.

— Calma, Suely. Eu e a Lurdes trabalhamos em dupla. Só isso.

A pressão se suavizou e Andrade relaxou junto. Foi o bastante para Suely escapar, voando na direção de Lurdes. Num golpe da inspetora, Suely foi parar no chão, estatelada.

— Lurdes! — gritou Andrade.

— Eu só me defendi — ela se justificou, acrescentando para Suely: — Não precisa ter ciúmes. O chefe é como um pai pra mim.

No chão, Suely mexia os ombros para ver se estava intacta.

— Desculpe — disse Lurdes, estendendo a mão.

Suely aceitou e se pôs de pé. Arrumou o vestido e abriu um sorriso.

— A confusão foi minha. Muito prazer — disse Suely, inclinando-se e trocando beijinhos com Lurdes.

— Ai, que vergonha — disse a inspetora. E, rindo, completou: — Dar uma queda na namorada do meu chefe.

As duas riram, observadas por um Andrade em completo desassossego. Não podia negar o namoro, ou Suely o matava ali mesmo. Não podia fazer nada que impedisse as duas de se conhecerem. Em um minuto estariam trocando telefones, se tornando as melhores amigas. O terror o cegou.

— Lurdes — disse, subitamente. — É hora de você levar a lista. Eu preciso que você cruze estas ligações até amanhã cedo. Estamos correndo contra o tempo.

A inspetora parou, embaraçada.

— Você está bem, não é? — perguntou a Suely.

— Inteirinha — respondeu a outra, dando uma rebolada.

— Então, boa noite — tornaram a dar dois beijinhos, e Lurdes foi pegar o envelope que havia deixado na mesa de jantar, saindo apressada.

Andrade se virou para Suely, com ar sanguíneo.

— A culpa foi sua — disse ela, antes que ele pudesse falar.

— Minha? Um papelão desses e é minha culpa? Hoje nem é dia de visita.

— Fiquei com saudades do meu ursão. Não pode?

Aqueles olhos verde-garrafa e os lábios grossos, que ela agora mordiscava encabulada, desarmaram Andrade.

— Resolvi tirar a noite de folga e te ver. Tava no caminho do trabalho e bateu a saudade, num sabe? — arrematou ela, dengosa.

A expressão melosa no rosto de Andrade se acentuou. Os lábios inflaram e penderam, enquanto sentia as pálpebras piscarem. Podia chorar a qualquer momento.

— Você correu risco, sabia? A Lurdes derruba gente maior do que eu.

— O risco que eu tinha era ela querer me dar um beijo — troçou Suely.

— Nada de brincadeira com a polícia, elemento — disse Andrade, com fingida seriedade.

Suely agarrou seu braço com vigor.

— Tá com fome? Quer comer? — ele perguntou.

— Quero ser a comida.

8

Por coincidência, Andrade e a inspetora se encontraram à porta da delegacia, quando a manhã já ia ao meio. Os dois carregavam sinais de uma noite maldormida. Com um grunhido, o detetive convidou Lurdes a buscarem outro local para conversar. Lurdes o seguiu pelas ruas de Copacabana, divertida ao perceber a semelhança entre o movimento das pernas de seu chefe com o de remadores profissionais. Aos poucos, afastados e em silêncio, foram se distanciando da delegacia e se embrenhando na Copacabana mais movimentada da Figueiredo Magalhães.

— O que houve, chefe? — perguntou a inspetora, se aproximando depois de um tempo, ainda sem saber para onde andavam.

— Nada. Nossas caras estão tão amassadas que aqueles porcos da delegacia podem pensar que passamos a noite juntos, na esbórnia. Além disso, não sabemos quem ali dentro está no bolso do embaixador.

— O senhor acha que tem traíra?

— A vocação natural do homem, ao contrário dos outros animais, que difamamos, é morder a mão que o alimenta. Não vê o delegado? Eu alimento sua carreira com casos resolvidos e ele constrói um muro em torno do embaixador para que eu não ponha as garras nele.

Os beiços cerrados expandiam as bochechas, dando a Andrade um aspecto medonho. Ele arrastou Lurdes até um barzinho defronte a um hospital e sentaram numa das mesas do lado de fora.

— Me diga. O que você encontrou nos telefonemas? Ou essas olheiras estão aí porque você tirou a noite pra farrear?

— Quem me dera, chefe. Virei a noite trabalhando no material. Mas anotei uns detalhes legais.

Lurdes tirou seu caderninho da mochila que trazia praticamente amarrada ao corpo.

— Primeiro, o nosso amigo Téo telefona muito para o embaixador.

— É? Pois vamos fazer outra visitinha a esse desviado. Está escondendo o que sabe, mas não perde por esperar. É um agenciador, esse menino. Leva os ratinhos pra cobra comer.

— Mas o principal é que o Sandro ligou três vezes para o embaixador na noite do crime. Antes e depois.

Andrade apalpou as bochechas com satisfação.

— Ótimo. Então, o Batman falou com Robin antes e depois do serviço. Já posso ver a cena. Robin faz o serviço e Batman vem pegá-lo de carro para dar um colinho. O que mais?

— Não muita coisa. Os sócios vivos da agência se falam apenas durante o dia. O Mauro não fala com ninguém dessa turma. Só liga para Aline — finalizou, amuada.

Lurdes levantou e foi pegar os refrigerantes e pastéis no balcão. Retornou com tudo e retomou o assunto:

— O melhor eu deixei pro final. Tem uma mensagem do Rubens, aproximadamente na hora da sua morte, para o Sandro.

Andrade largou o pastel, exultante:

— Agora o pegamos, Lurdes! Um convite para a vítima. É a prova perfeita.

— Podemos pedir a quebra de sigilo e ver a mensagem — animou-se Lurdes.

O detetive não acompanhou seu entusiasmo.

— Não sei. O delegado está refratário a qualquer atitude contundente. Mas não faz diferença. Já sabemos o que a mensagem contém. O caso está encerrado. Quando prendermos os dois, quebramos o sigilo deles e nem o delegado vai poder impedir.

— Não seria bom sabermos o conteúdo dela, informalmente, através do seu fornecedor? — insistiu a inspetora.

— Até seria — concordou o detetive. — Mas mudaram o sistema e meu chapa só tem acesso direto ao número das ligações. O conteúdo é em outra área, com um velhaco ganancioso e pouco confiável. Se souber que tem gente importante envolvida, pode querer usar a informação em proveito próprio.

Lurdes arqueou as sobrancelhas, horrorizada com o caráter dos homens.

— Sabe, Lurdes — continuou o detetive —, nunca vi grandes dificuldades nesse caso. O descaminho moral dos nossos suspeitos é tão flagrante que os elementos que colhemos abundam para uma condenação.

— Só falta colocar os suspeitos na cena do crime.

— Como assim? E o jovem Sandro não saiu atrás do falecido na noite do crime?

— Saiu depois, mas diz que foi embora.

— Ora, inspetora. Se ninguém testemunhou o crime e ele não foi filmado, a justiça tem que se contentar em processar os suspeitos que têm motivos, meios e oportunidade e pronto. Ou deixar o caso com a justiça divina. — O rosto distorcido anunciou que Andrade ria da própria piada. — Os dois comparsas, Sandro e o embaixador, têm motivos: ciúmes e dinheiro; tiveram a oportunidade: através de Sandro, quando ele foi se encontrar com Rubens no beco; e, por fim, tinham os meios: qualquer um tem uma faca do tipo que foi usada. Caso encerrado.

Lurdes balançou a cabeça, em dúvida.

— Vai ser duro convencer o delegado.

— Se preciso, vazamos para a imprensa.

Ela ainda parecia ressabiada. O detetive a fitou com incredulidade.

— Você ainda tem dúvidas, Lurdes?

— Não, chefe. Mas o senhor sabe como é a justiça.

— O que podemos fazer? Os peritos não encontraram nada que prestasse na cena do crime. Eu agradeceria uma impressão digital na faca e uns cabelos esquecidos.

— Cabelos e impressões digitais tinham aos montes. Mas eram impressões parciais, não conclusivas. E eram tantas que nem dava para analisar este ano.

— Aquele beco é uma lixeira. Imagino que todos os suspeitos desse caso e os frequentadores daquela boate já deram um pulo ali para puxar um fumo ou praticar outro crime qualquer. O que adianta isso?

Lurdes fechou a boca em desânimo. Andrade abriu a sua e engoliu um pastel, mantendo um olhar cobiçoso sobre o pastel que restara.

— Você vai querer?

Ela negou, e o segundo pastel sumiu na boca do detetive.

— Nosso último esforço antes de esfregar o inquérito na cara do delegado é falar com o Alfred mirim, esse Téo, e ver o que ele sabe do Batman e do Robin. O seu é encontrar aquele velhófilo, o Fabinho, antes que ele desapareça de novo.

— Certo, chefe.

— E, Lurdes, vamos terminar esse caso que já estou cansado dessa veadagem shakespeariana.

O lugar era um terreno elevado em Pedra de Guaratiba. Algumas tendas estavam espalhadas pelo platô. De onde estavam, Andrade e Lurdes tinham uma bela vista da praia distante. Jovens, uns reais, outros nem tanto, se misturavam numa atividade frenética que cessou assim que o assistente de direção gritou: rodando!

— Impressionante! — exclamou Andrade.

Ele havia esperado, com ar absorto, sem dar um pio, os preparativos e a gravação da cena.

— O quê?

— Tudo. Até a voz da nossa testemunha histérica ganha dignidade. Rodando! — repetiu ele, imitando um Téo que girava pelo local com ar sério e bravo.

— É bonito mesmo. Que trabalho legal — disse Lurdes com entusiasmo.

Era um filme de época, e os atores, ainda vestindo seus trajes de império, se dispersaram pelo campo aberto, gesticulando de uma maneira casual, num contraste estranho com as vestimentas.

— Parece que a gente está em outro mundo — comentou a inspetora, deliciada.

O comentário de Lurdes acordou Andrade.

— Fantasia, dona Lurdes, fantasia. Nem todos aí são jovens, nem todos aí são homens, nem a voz de Téo é aquela. Nossa labuta diária, no fundo, é essa: arrancar os véus que disfarçam a triste realidade em cenas inocentes. E rasgar as máscaras que disfarçam seres vis em frágeis contribuintes.

Lurdes agitou o corpo como se afastasse o espírito sonhador que a tomara.

— É verdade, chefe. Vou ser dura com esse marginal.

Andrade mal podia se mover na cadeira de pano à qual se encaixara com muito jeito. Assim não pôde se levantar com a chegada de Téo, que mantinha o mesmo ar sisudo que parecia tê-lo possuído durante a filmagem.

— Os senhores novamente — observou mais curioso que temeroso.

— Os mortos não podem descansar enquanto não terminarmos — disse Andrade em resposta.

— Que fúnebre — falou Téo, trazendo à tona o tom que os policiais conheciam, irônico e saliente. Em seguida, sentou-se à frente dos dois. Uma mesa de camping os separava.

— Nós avançamos bastante desde o nosso último encontro. E a história que vai se confirmando não tem graça nenhuma.

— Qual é a história, detetive?

— Um velho devasso, um jovem empresário e um cineasta ambicioso. Um triângulo de luxúria e traição.

— Dá um filme — comentou Téo, sardônico.

— Dá cadeia — rugiu o detetive.

A tensão instalada foi rompida por Lurdes.

— O senhor é a principal testemunha.

— Ou cúmplice discreto — emendou Andrade, sugando o canto da boca num chiado longo.

— Eu não tenho nada a ver com isso tudo — disse Téo com firmeza.

— Você é o elo entre essas pessoas — disse Lurdes.

— O leva e traz.

Um rapaz acercou-se dos três e cochichou algo no ouvido de Téo.

— Eu vou ter que voltar para a gravação.

Andrade apontou um dedo na direção dele.

— O senhor fica aí, até explicar o que viu na noite do crime — disse, brandindo o dedo como o cano de um revólver.

Téo recuou instintivamente.

— Eu não vi nada de mais — respondeu Téo com displicência. — O Sandro saiu, eu saí também para fumar um cigarro. Por acaso, vi Sandro andando para o lado do beco. Mas não o vi entrar no beco, ou algo assim. Uns minutos depois, alguém veio daquele lado, andando apressado na direção da rua, entrou num carro. Podia ser ele ou não.

— E não achou estranho? — questionou Lurdes.

— Por que ia achar. Tem gente entrando e saindo daquele beco a noite toda.

— Qual era o carro?

— Só vi que era escuro e grande. Não era um compacto.

— E como os seguranças não viram esse sujeito que saiu do beco apressado? — insistiu ela

— Eles não viram? Sei lá, acho que era difícil ver. Eu estava mais adiante, perto da calçada. Os seguranças me viam, mas não acho que não podiam ver direito aquele lado. A pessoa andou numa diagonal. — Téo fez um gesto complicado para explicar.

— Essa é uma oportunidade única para o senhor nos ajudar a tirar esses criminosos homofóbicos das ruas. Vamos lá. Force sua memória. Você viu Sandro saindo do beco, com a roupa manchada de sangue, não viu?

— Ei — protestou Téo. — Eu não disse nada disso.

Andrade aproximou seu rosto da cara dele.

— Mas foi o que você viu, não foi? Está acobertando seus clientes, cafetão colorido!

— Que absurdo! — gritou Téo, atraindo olhares da turma que se preparava para o reinício das gravações.

Lurdes corou. Andrade permaneceu com o rosto irado levitando sobre a mesinha.

Dois jovens se chegaram, como uma espécie de proteção.

— Ah! — levantou-se Andrade, trazendo a cadeira presa à bunda. A inspetora a puxou para o chão, num gesto automático, que lhe custou uma reprimenda silenciosa. — A guarda amazônica veio ajudar. Lurdes, marque um depoimento formal com nosso Calígula aqui. Lá na delegacia.

O grupo inteiro de atores e técnicos parou para observar a saída majestosa de Andrade, num bamboleio para longe de todos.

Do lado de Andrade, os dias seguintes foram modorrentos. Seu tempo era despendido principalmente na realização de uma verdadeira auditoria nos gastos de Dó, contando para isso com uma extensa coleta de preços obtida em passeios pelos mercados do bairro. Esses passeios eram entremeados com paradas no shopping e na praia, atrás de novas dicas dos informantes, que em nada resultaram.

Enquanto isso, Lurdes mergulhava numa atividade incessante, colhendo, um a um, os depoimentos formais das testemunhas e organizando a mixórdia em que o detetive havia transformado o inquérito. Apesar da inspetora ter movido céu e terra, não esbarraram em nenhuma pista do paradeiro de Fabinho, para exasperação do detetive, que dedicava seu tempo na delegacia a mover um cerco inclemente e atabalhoado ao delegado em busca da autorização para o pedido de prisão.

Andrade havia se dado um prazo até o fim da semana. Depois, confessaria ao delegado que gravara ilegalmente sua conversa com o embaixador e que havia conseguido, por meios irregulares, uma mensagem da vítima chamando Sandro para um encontro no beco na hora do crime. Confessar tais expedientes seria se expor a futuras perseguições e suspeitas por parte daquele puritano contador de histórias que se fazia passar por delegado. Mas, se até sexta-feira novos fatos não fizessem o delegado solicitar a prisão dos criminosos, ele, Andrade, não respeitaria mais a própria segurança profissional e se lançaria ao abismo pela defesa da justiça.

Na sexta-feira, o detetive estava mais uma vez diante do delegado. As ligações de Sandro para o embaixador, o testemunho de Téo e as gravações, feitas por Lurdes, das conversas com Fabinho se somavam às claras motivações para o crime. O delegado não cedia aos argumentos:

— Ainda não temos uma prova contundente, Andrade.

— Eu arranco do menino com ele aqui, delegado.

— Entende o que eu digo: não.

Andrade marchou para a beira do abismo.

— Eu tenho uma prova de que o embaixador quis me chantagear. Está gravada.

— Ilegalmente, Andrade?

O detetive não respondeu de imediato. Ligou o gravador. No fim, disse:

— Os abutres da imprensa vão adorar.

O delegado fitou Andrade com ódio, entendendo que era o alvo de uma chantagem. Um escândalo envolvendo o secretário de Segurança não ia resultar em boa coisa para sua carreira. E o idiota à sua frente era capaz de vazar aquela gravação simplesmente pelo prazer de ver o circo pegar fogo.

O delegado ajeitou os óculos cuidadosamente, num gesto que o tranquilizava. Não era um homem de vendetas pessoais, mas teria uma satisfação grande se um caminhão esmigalhasse a grande bola de carne humana que oscilava diante dele, aguardando o resultado da chantagem. Podia ceder ou afastar Andrade da investigação, queixas contra ele abundavam.

— Podemos pedir a prisão desse Sandro. Do embaixador, nem pensar — disse, por fim, para um Andrade altivo e confiante.

— O senhor não vai se arrepender.

— Minha dúvida é o *quanto* eu vou me arrepender — respondeu o delegado, na verdade já arrependido.

Andrade suspirou com alívio. Nem fora preciso mencionar a mensagem de Rubens para Sandro, fruto da quebra ilegal do sigilo telefônico da bicharada. Era uma atividade que o delegado reiteradas vezes proibira, ameaçando abrir um inquérito contra quem a praticasse.

9

Era um domingo de sol. Grande parte da população de Copacabana estava na praia quando os quatro policiais se postaram na entrada do cinema. Ali, segundo uma dica de Walberto, obtida na roda de porteiros, estaria Sandro, para assistir a uma sessão da nova moda cultural destinada ao público bissexual: ópera no cinema.

— Esperamos terminar? — perguntou Lurdes, protegendo-se do sol atrás de uma coluna, na entrada do cinema.

— A saída deve ser como um estouro de uma boiada de cervos. Todos saltitantes. Nós não somos predadores que não escolhem presas. Estamos caçando um veadinho específico e não queremos danos colaterais. Não, inspetora, é melhor interrompermos o show enquanto eles estão absortos, leves, sentados com os pés nas cadeiras, chupando os dedinhos. Vão estar ansiosos em ter o assunto resolvido para que possam continuar com o espetáculo.

O detetive fez uma pausa:

— Vamos fazer o seguinte — comandou, reunindo os outros dois policiais ao lado de Lurdes. — Eu vou para o palco, interrompo o espetáculo e digo que precisamos falar com o Sandro. Aponto você, Lurdes, e digo que ele deve acompanhá-la. Cada um de vocês vai estar numa lateral e Lurdes nos fundos.

— Mas, doutor... — começou um dos jovens inspetores.

— Não é hora de um motim, meu jovem — cortou o detetive com um tom severo.

Os três desviaram o olhar, evitando Andrade.

— Vamos — bradou o detetive, caminhando para cima do porteiro que dificultava a passagem sem entender o que Andrade dizia. Ele foi acalmado por Lurdes, que vinha atrás.

Já dentro do hall, o detetive viu surgir um homem grisalho e barrigudo, o gerente, exigindo explicações. Evitando cruzar com ele, se dirigiu ao balcão de refrigerantes. Enquanto limpava a garganta com um balde de Coca-Cola e pigarros sucessivos, os policiais cercaram o homem.

Do balcão de refrigerantes, Andrade observou o gerente protestar energicamente, apesar da ordem de prisão ser agitada repetidas vezes. Mais um que se preocupava com seus pequenos ganhos enquanto a cidade soçobrava em face da delinquência, pensou o detetive. Eram esses que ocultavam provas, omitiam testemunhos, fazendo do trabalho policial uma desamparada aventura na selva de asfalto.

Finalmente, após os policiais o fecharem num círculo apertado, reduzindo o espaço para dúvidas, o gerente foi convencido.

A figura de Andrade estabilizou-se no centro do palco, após alguma oscilação. Ele ergueu as mãos pedindo silêncio.

— Por favor, por favor — disse aos gritos, gesticulando na tentativa de conter a plateia. — Por favor, a interrupção vai ser breve se vocês pararem com essa histeria injustificada. Eu sou da polícia do Estado e preciso conversar com um de vocês sobre um crime que ocorreu há poucas semanas num beco sórdido atrás de uma boate frequentada por... bem, frequentada pela comunidade aqui presente.

— Porcos da polícia — alguém gritou do meio da plateia.

— Sai daí, baleia autoritária — gritou outro.

Andrade tentou divisar os agitadores, colocando a mão na testa e estreitando os olhos. Seus auxiliares, nas laterais, pareciam receosos do ambiente que se formava.

— Por favor, senhor Sandro, se apresente à inspetora Lurdes nos fundos do teatro.

Espectadores começaram a se levantar e seguir para a saída.

O detetive assistiu furioso à rebeldia contaminar mais e mais pessoas.

— Senhor Sandro, se apresente imediatamente — bradou, colérico. — E sentem-se todos, só estão autorizados a sair se este cinema estiver pegando fogo.

A palavra fogo desatou o pânico na parcela da multidão que estava menos atenta ao discurso. Os desatentos que já estavam de pé começaram a correr; aqueles que estavam sentados se ergueram em atropelo buscando passar por cima dos obstáculos. Restou aos demais correr para não serem esmagados. Em poucos minutos o cinema estava vazio, exceto pela presença de Andrade, preso ao palco como um capitão de *Titanic*, ainda incrédulo com o que havia acontecido. Era inacreditável que esses seres covardes pudessem ter conquistado o planeta.

Desceu as escadarias com cuidado, tateando os degraus. A culpa, pensou, era dos colegas — tão covardes quanto a malta — a quem cabia conter as laterais. Esta atitude iria constar das fichas deles, com certeza! Faria com que fossem removidos do trabalho de campo para sempre.

No lobby cruzou com um gerente desconsolado, que, sem palavras, lançou sobre o detetive promessas de problemas futuros.

A rua não tinha sinais de movimentos estranhos, os transeuntes que passavam em trajes sumários não pareciam ter acabado de sair de um cinema em chamas. De repente, seu celular tocou.

— Chefe?

— Diga, Lurdes.

— Peguei o fujão.

— Ahn?

— Tô com o Sandro aqui, bem algemado e esperando o senhor.

— Lurdes, Lurdes... você é o máximo! — exclamou, por fim.

— Eu segui o malandro quando ele saiu. Esperei ficar sozinho e dei o bote, chefe.

— Perfeito, Lurdes. Onde vocês estão?

— Quatro quadras na direção da delegacia. Aqui na Nossa Senhora de Copacabana mesmo.

— Já encontro vocês aí.

O dia não estava propício para uma caminhada acelerada, com tantos banhistas perambulando em grupos animados, como um bando de saguis num bananal. Não era, entretanto, algo que pudesse demolir a sensação de bem-aventurança que inundava Andrade. Tinha posto as garras no criminoso número dois e estava a uma confissão de engaiolar o número um, a mente real por trás do banho de sangue: o embaixador. Precisaria preparar uma cela especial. A gaiola das loucas.

Apesar de andar num torvelinho corporal, o detetive logo divisou os dois na esquina, um ao lado do outro, numa conversa tranquila. Sandro não estava algemado. Ao se aproximar deles, gesticulou para Lurdes, batendo os dois pulsos.

— Eu tirei as algemas para ele atender uma ligação, chefe — explicou ela.

Andrade agarrou os pulsos de Sandro, rompendo o ar de convescote que reinava.

— Isto é uma prisão — vociferou Andrade, algemando Sandro. — E ele é um criminoso em fuga, inspetora.

De perto, Andrade percebeu que o ar quieto de Sandro era sinal de abatimento. Ele murchara.

— Eu não tentei fugir — lamuriou-se Sandro, tremendo um pouco. — Eu só saí porque disseram que o cinema estava pegando fogo.

Andrade despejou com autoridade:

— Uma manobra clássica de evasão de locais fechados. O criminoso grita fogo e escapa em meio ao pandemônio que causou. Por isso, eu havia posicionado a inspetora nos fundos — finalizou, abrindo um sorriso animalesco que mostrava todos os dentes, não de todo alinhados.

Escoltado pelos dois policiais, Sandro foi sendo arrastado aos trancos até a delegacia, decompondo-se pelo caminho. Ao ser levado à salinha de interrogatório, ele não passava de um vegetal aprendendo a falar. Andrade o largou numa cadeira, enquanto Lurdes ia preparar o registro da prisão.

— Vocês criminosos se desmancham quando sentem o calor da justiça, não é? — ironizou o detetive com desprezo pelo jovem alquebrado que tinha diante de si.

— Eu sou inocente — gemeu Sandro, suando muito e quase desfalecendo.

— Hora da verdade, menino — disse o detetive. — Dependendo da sua colaboração, vai ser levado para uma cela privada ou para um zoológico no qual o animal menos feroz matou a família por diversão — completou, intimidador.

— Eu não fiz nada. Eu não fiz nada — repetiu atarantado, os olhos perdidos no infinito, como se houvesse saltado do ônibus numa parada lunar.

A balbúrdia fora da sala começou a crescer. De repente, três figuras irromperam na sala. O embaixador foi o quarto a entrar. Na liderança, um homem de meia-idade, vestindo um terno que parecia ter luz própria.

— Eu sou Nirlando Alves, advogado de Sandro. Isto aqui — brandiu um papel para todos — é a revogação da prisão arbitrária e tempestuosa. Exijo a soltura imediata de meu cliente e vou registrar uma queixa na Corregedoria pelos maus-tratos que ele sofreu.

Atrás dele, o embaixador mantinha uma expressão misteriosa no rosto.

— Lurdes — chamou Andrade, estendendo o braço para bloquear a passagem de Sandro, que havia ganhado vida. — Dê voz de prisão a esse senhor por invadir local proibido.

— Eu vou passar — disse Mauro, o irmão gêmeo, surgindo por trás do advogado.

— Não é necessário — disse o advogado Nirlando com autoridade, contendo o rapaz.

— Uma ova que ele vai sair — gritou Andrade, abrindo então os braços, para manter Sandro onde estava.

Lurdes parecia perdida. O último a entrar foi o delegado. Tinha um ar desolado.

— Chega, comissário Andrade! O rapaz foi liberado. Ele pode ir embora — disse, simplesmente, saiu.

Sandro, revigorado pela notícia, passou por baixo do braço de Andrade, que permanecia estático, e foi abraçar o irmão. As pessoas foram saindo, uma a uma, ainda com vozes indignadas, que pouco a pouco foram se perdendo. Restaram Lurdes e o detetive, cujos braços desceram lentamente de encontro ao corpo. A inspetora teve vontade de abraçar aquele homem grande e humilhado, mas se manteve quieta.

O detetive pareceu reacordar. Ainda abalado, fez um gesto para que Lurdes se aproximasse:

— Esquece o que você viu aqui. Esta batalha perdida não vai me pôr de joelhos.

Uma pontada de alegria espetou a inspetora. Não estavam derrotados.

— Aquele Téo. Ele sabe mais do que disse. E vamos descobrir onde está o Fabinho, aquele pivete cafetinado que se evadiu.

— Será que o Fabinho se mandou pra Bahia?

— É muito estranho. Vem aqui, nos dá umas dicas e desaparece. Ou queimaram o cara ou ele está enrolado. Pra Bahia não foi, que família nordestina costuma ser preguiçosa, mas não tolera vagabundo. Ele deve estar por aí, apavorado com a perspectiva de ser o próximo presunto da mala diplomática. Temos que tirar o escorpião do sapato em que ele se escondeu.

— Como vamos fazer isso, chefe?

— Agora não sei. Vai atrás da dama do lotação, enquanto eu falo com o delegado, para mostrar que ainda temos cartas na manga.

Diante da humilhação sofrida, Andrade não se importava mais em pular no abismo.

O delegado Otávio pela primeira vez sentia um pouco de compaixão por seu detestável colaborador. Andrade estava de pé, acabrunhado, mendigando explicações sobre o acontecido.

— O juiz revogou o pedido de prisão com base na retratação desse tal de Téo. Falei com o juiz. Não está registrado, mas o Nirlando, que é um craque, conseguiu que o rapaz enfatizasse que não tinha certeza que era Sandro que tinha saído da boate antes dele.

— Mas e a câmera na entrada da boate?

— Não mostra direito para onde o Sandro foi. E o Téo alegou que não sabia quem era a pessoa que correu do beco para um carro. Disse que foi coagido por você.

O detetive arregalou os olhos em protesto. O delegado, apesar de saber dos métodos incisivos de Andrade, tinha certeza que ele não inventara o primeiro depoimento de Téo.

— Eu insisti com o juiz, Andrade, mas ele disse que não tinha alternativa senão revogar o mandado.

Andrade tirou sua carta da manga e deu um passo para o abismo.

— Eu tenho uma informação de uma fonte que pode convencer o juiz.

— Que informação, Andrade? — O delegado sentiu o cheiro de problema.

— Que Rubens marcou um encontro com Sandro no beco, na hora do crime. Através de mensagem pelo telefone celular.

O delegado levou a mão à testa.

— Grampo ilegal, Andrade! Se é isso, nem quero saber. E não adianta mais pedir a quebra de sigilo oficialmente, porque, depois dessa confusão, nenhum juiz vai conceder. Invasão de cinema, coação de testemunha, esse advogado que esteve aqui, o Nirlando, vai fazer um escândalo. Não vou arriscar minha carreira, Andrade. Por mais que acredite em você.

A última frase tocou fundo o coração do detetive, que se absteve de contestar as palavras do delegado. Não que houvesse como. A empresa proprietária do cinema era uma cadeia internacional e ia fazer um escarcéu junto à Secretaria de Segurança. Caberia ao delegado segurar as pontas. Ele, Andrade, precisava fazer sua parte.

— Eu prometo que esse perjuro, o Téo, não vai me escapar. Sei que tem culpa no cartório. Por que ia mentir? — disse, com as feições retorcidas.

— O embaixador, seu amigo, pode ser persuasivo, não pode?

— Dinheiro! — bradou Andrade.

O delegado deu de ombros.

— Eu já mandei Lurdes trazer aquele moleque e vou mostrar a ele com quantos paus se faz uma canoa — disse, com ar vingativo.

— Por favor, não me diga nada, não registre nada, não deixe marcas. Só conversa, detetive. Mas pegue essa gente.

Pela primeira vez, no longo tempo em que trabalhavam juntos, o detetive deixou a sala do delegado sentindo um franco apoio e uma ampla autorização para exercer seu ofício. Até que o delegado tinha seu valor. Apesar das vicissitudes e restrições do cargo, buscava oferecer a liberdade necessária a uma investigação consequente, ponderou Andrade. Ele podia imaginar como as forças conservadoras dentro da delegacia tentavam indispor um com o outro, com o propósito de solapar a união entre as duas forças capazes de restaurar a lei naquele bairro: a autoridade legal do delegado e a autoridade moral, dele mesmo.

Lurdes o aguardava de pé, ansiosa.

— Nada feito, chefe — disse, assim que ele apareceu.

— O que foi?

— A assistente do Téo me disse que ele só aceita falar se for convocado oficialmente, e vem com o advogado.

— Com esse que veio aqui hoje? — disse Andrade, receoso.

— Não sei, chefe.

Andrade arriou o corpanzil na cadeira e inclinou-se para trás, pensativo. A inspetora voltou para sua carteira. O silêncio entre os dois foi preenchido pelo barulho do salão de investigadores. Conversas ao telefone, risadas, gente saindo apressada. Andrade retornou a cadeira para a posição normal.

— O Fabinho é a única pessoa que pode trazer um novo elemento ao caso. Ele está por aí, nesta cidade suja. Provavelmente, sabe de mais alguma coisa e deve estar com medo. Mas é atrevido. Pode tentar chantagear os criminosos e acabar beijando a grama de um terreno baldio em Queimados.

— O senhor acha que...

— Há um rio de dinheiro correndo aí fora, inspetora. A nascente é o embaixador e ele deságua em todos esses personagens: Fabinho, Sandro, Paulo, Márcio, Rubens!

— Posso fazer uma recapitulação, chefe?

A despeito do enfado, Andrade sinalizou positivamente.

— Pois então. O embaixador deu dinheiro pro Rubens montar a agência com dois sócios. Depois brigaram, porque o Rubens queria o Sandro. O embaixador cooptou o Sandro, deixando Rubens maluco. Rubens decide pressionar o embaixador e Sandro. Os dois, ameaçados, resolvem dar um jeito nele. Rubens cai numa armadilha ao ir se encontrar com Sandro num beco. Ele é visto por Téo, que muda seu testemunho de forma suspeita. Fabinho, um marginal transviado que conhece Rubens e o embaixador, desaparece depois de nos dizer que Rubens estava ameaçando Sandro e o embaixador.

— Ou seja, o caminho para pegar o embaixador e o Sandro é soltar a língua do Téo e do Fabinho.

— E o Huguinho e o Luizinho, da agência de viagens? — perguntou a inspetora. — Não podem ajudar?

— Em quê, inspetora? — redarguiu o detetive, já farto da reconstituição.

— Podem ter ouvido conversas, sei lá.

Andrade se levantou com súbita pressa de ir embora. Era domingo, afinal.

— Inspetora, pense nisso como um casamento criminoso. Márcio e Paulo são as daminhas de honra. Nem sabem que está havendo um casamento. Alguém as colocou lá, porque são uma gracinha. Bom domingo — disse, numa troça amarga.

Andrade saiu da delegacia, não sem antes deixar Lurdes encarregada de vasculhar a cidade atrás de Fabinho. Enquanto comprava um jornal na banca, para se distrair lendo infortúnios mais graves, seu telefone tocou. Era Suely, com tanta doçura na voz que lhe deixou com um pé atrás. Combinaram um encontro inesperado, domingo, dia em que ela descansava de tudo e de todos.

O Gol descascado de Suely, um carro que já fora táxi e herdara desses tempos uma fraqueza generalizada, parou na entrada do prédio de Andrade. Ele entrou no veículo por etapas: primeiro os ombros, depois a cabeça, a seguir um contorcionismo geral e, enfim, as pernas e o tronco. Não havia como acomodar o volume de Andrade no espaço do próprio assento e seu corpo se expandia para os lados, quase impedindo a troca de marchas. Suely emanava bom humor, de jeans, tênis de caminhada e uma camiseta baby look que mostrava seus braços e dava acesso visual aos peitos.

— Até que enfim conseguimos tempo para um passeio.

— Para onde vamos? — perguntou Andrade, desconfiado.

Era um dia ensolarado, e qualquer destino pretendido por Suely levaria isto em consideração. Nas poucas vezes em que haviam se encontrado debaixo do sol, o detetive viu sua companheira deliciar-se como um lagarto. O automóvel tomou o rumo da Barra da Tijuca, paraíso imaginário dela, como Copacabana fora de Marta, sua falecida mulher. Na concepção do detetive, esse bairro, ainda novo, já seguia seu caminho de degradação. Tudo que o homem toca se degrada, pensou ele, quando atravessavam o elevado que conectava São Conrado à Barra.

— A Lurdes me ligou — disse ela, ao deixarem o túnel e caírem na Barra da Tijuca.

— Sabia! — exclamou Andrade. — Por isso este passeio extemporâneo.

— Ela ficou preocupada com você, ursão.

— Ela é uma enxerida. E você, nada de ficar amiguinha dela.

— Ela gosta de você, seu tonto.

Um ar meio convencido assomou às faces dele. Suely o observava de soslaio.

— Não é desse jeito. É coisa paternal, seu metido.

— O pai dela era um ignorante — resmungou.

— Ela sente falta dele, eu acho.

— Ele morreu?

— Não sei, Andrade. Você é que devia saber.

— Eu não me meto na vida dos meus subordinados.

— Mentiroso. Vive dando trela para aquela baixinha azeda.

— Só porque a Marta sempre me pediu para cuidar dela. Se eu largar de mão, a família inteira vai descambar para o crime.

— Você é um coração mole, bem. Não tem nada na vida maior que o coração que você tem aí dentro. — Ela o apontou com o dedo.

Eles trocaram um olhar constrangido.

— Eu sou todo grande. — Ele baixou os olhos para o meio das próprias calças.

Suely demorou a entender.

— Cachorro! Se achando, né? — Ela tirou a mão do volante e bateu no braço dele. — Vai achando, que eu vou dar uma canseira nesse prego mole — brincou.

O carro cruzou a Barra lentamente até entrar na avenida dos Bandeirantes, por onde seguiu, deixando à distância os prédios altos, enquanto o ambiente ao redor ia ganhando contornos rurais. Pararam em frente a uma espécie de fazenda, de portões largos, que atravessaram até um largo pátio de estacionamento, quase lotado.

— O que é isso? — perguntou Andrade, meio ressabiado, com a expectativa de ter que suar de algum modo.

— A melhor feijoada rodízio que você já viu — disse Suely.

Um sorriso brutal rasgou o rosto redondo de Andrade. Com a mão enorme agarrou a própria cabeça, balançando de felicidade.

— O que foi? — Suely o segurou, rindo junto.

— Ah, eu não sabia que a surpresa era essa.

— Você é bobo. Pensou o quê? Que eu ia te trazer aqui para subir em árvore?

Andrade negou sem convicção. Seguiram abraçados por um caminho de pedrinhas soltas que apontava na direção de uma casa enorme, avarandada. Ao se aproximar, o detetive viu o bufê distribuído ao longo de uma comprida mesa de madeira. Ao lado da casa, um puxadão amplo e coberto abrigava quatro dezenas de mesas de madeira, ladeadas por bancos. Uma verdadeira multidão circulava em fastio.

Uma mesa vagou perto da saída e sentaram antes mesmo que um garçom viesse dar uma espanada. Ele apareceu em seguida para deixar dois copinhos de cachaça como cortesia. Os dois engoliram a bebida numa talagada.

— Tá feliz? — perguntou ela.

Andrade respondeu inchando os beiços.

— Vamos pegar a comida — convidou faminto.

Era noite quando começaram a longa jornada de volta a Copacabana. O trânsito todo parado, mas iam felizes. Suely, porque a descontração e a saciedade haviam aberto os ouvidos de Andrade para suas histórias de infância, descalça no chão de terra, na cidade onde nascera. Histórias que gostava de contar a todos e precisava contar a ele. O detetive, por sua vez, voltava contente porque o estado de ruminação em que se encontrava, junto à atmosfera campestre que vivenciara, o puseram a léguas das frustrações do trabalho. Nada como ser encantado por uma bela surpresa.

— Como você soube desse lugar, Su?

— Uma amiga me trouxe aqui quando terminou com o namorado. Ela disse que tava na seca e, quando tava assim, só enchendo a barriga com uma comida de verdade.

— Grande amiga. Espero que ela tenha resolvido a seca.

— Nem sei. Ela tava é ficando cada vez mais gordinha — disse Suely, entre lembranças.

— Ela podia tentar uma mulher pra variar, Su.

— Ih, por quê? Você acha que mulher gosta de coisa gordinha?

— Sei lá do que mulher gosta — resmungou.

— Pois garanto que não gosta. Nem de mulher nem de homem gordinho. Só de fofo — acrescentou com um sorriso no canto da boca.

— Nessa investigação, conheci um cara gordinho, que entrou de novo no armário — comentou Andrade.

— Ahn?

— Ele era boiola e resolveu casar, ter filhos. Dá pra acreditar? — disse o detetive.

Suely fez cara de pouca fé.

— Mudou mesmo. Pelo menos pros outros.

— Mas tem um lado dele que deve estar numa seca de fazer dó — riu Suely, esfregando a bunda no assento, cheia de insinuações.

A gargalhada de Andrade resvalou para um acesso de tosse, que demorou São Conrado inteiro para passar.

Enquanto Suely desatava a contar casos engraçados de suas amigas de trabalho, a mente do detetive divagava, aprisionada pela questão do gordinho que era sócio de Rubens. Ele havia mudado de lado mesmo? Havia deixado para trás os tempos em que dormia de bruços? Ou era um caminho sem volta? E por que diabos aquele pensamento parecia incomodar tanto a ele neste momento?

Em casa, Andrade foi direto para o quadro do escritório, num estado de exaltação. Rabiscou aqui e ali sem parar e sem chegar a conclusão nenhuma. O único passo que podia dar para manter a investigação de pé era incomodar o embaixador e os outros participantes até que escapasse uma pista que os levasse até Fabinho. Quando encontrasse o parasita, o faria dar um depoimento formal incriminando o embaixador e seu boneco de dormir, Sandro.

O detetive foi dormir exausto e teve um sono tranquilo. Três comprimidos para digestão o pouparam das consequências intestinais da farra da tarde.

10

Lurdes estava de pé em frente ao prédio do embaixador, brincando com seu chaveiro-canivete, quando o detetive chegou esbaforido. O dia amanhecera chuvoso e uma capa de chuva preta antiga, com pequenas manchas acinzentadas, cobria seus trajes habituais.

— Você já falou com o porteiro?

— Não. Estava esperando o senhor.

— Então, entre lá e fale com ele. Não estou com muita paciência para conversa rasteira e meu espírito não está para confraternizações.

Lurdes foi até lá, retornando dez minutos depois.

— E aí?

— Aí que o embaixador viajou.

— O quê? — Andrade bateu a mão contra a perna. — Maldição! Eu devia ter previsto! Eles aproveitaram o momento para fugir. Para onde foram?

Lurdes não sabia. Andrade tomou a dianteira e, resoluto, avançou sobre a porta de entrada. Socou-a repetidamente.

— É a polícia! — berrou.

O porteiro abriu com rapidez e se afastou.

— Estamos subindo — rugiu para o porteiro. — Avise a empregada para abrir ou vamos arrombar o covil.

A porta do apartamento já estava aberta quando chegaram ao andar. A empregada, de uniforme engomado, os aguardava segurando a maçaneta.

— Onde está o seu patrão? — perguntou Andrade, passando por ela para examinar a sala.

— Foi viajar... seu delegado — respondeu ela, insegura.

— Detetive — corrigiu Lurdes, passando por ela.

Com o humor alterado, o detetive foi desarrumando tudo o que via pelo caminho. Seguiu para o interior do apartamento, sempre com a inspetora em suas pegadas. Ele retornou à sala sozinho. Parou diante da moça, que permanecia estática, com a mão na porta.

— Feche esta droga! Não vamos sair daqui enquanto você não der todo o serviço. — Fitou-a com um olhar assassino. — Onde está seu coronel rosinha?

— O patrão foi viajar — repetiu a moça.

— Pra onde?

Ela ficou pensando.

— Pra onde? — bradou o detetive, balançando-a como um boneco.

— Ai! Num sei, seu delegado. Ouvi eles dizer que foram pruma ilha — respondeu, chorosa.

— Eles?

— Ele tava com um moço — murmurou ela, olhando pra baixo.

Andrade a largou e se esparramou no sofá, com o olhar perdido. Mares do sul, pensou, com um misto de inveja e revolta. Os europeus fugiam para o Brasil e os brasileiros, para os mares do sul. Ou Caribe.

A inspetora reapareceu na sala.

— Nem sinal do local para onde foram? — perguntou ele, jogando no chão uma almofada que o incomodava.

A inspetora negou com um aceno triste de cabeça.

— Revistou tudo? — insistiu Andrade.

— Tudo, menos o cofre que eu descobri atrás de um quadro.

O detetive se animou.

— Precisamos abrir esse cofre, Lurdes.

Lurdes fez um sinal para indicar que a empregada os ouvia.

— Fora daqui se não quer ser presa por facilitar a fuga deles — gritou Andrade, apoplético.

— Deles? — perguntou a inspetora.

— Ele fugiu com Sandro, é claro.

— É claro — repetiu Lurdes.

— Vamos para a delegacia. E, inspetora, garanta com essa aí que este lugar vai ficar inviolável até voltarmos para abrir esse cofre — disse, levantando-se.

A chuva durante o trajeto até a delegacia não ajudou a refrescar o humor do detetive. Foi direto para a sala do delegado.

— Delegado Otávio. Acabo de saber que nossos criminosos fugiram do país.

O delegado ergueu os olhos dos papéis e tirou os óculos. A invasão de sua sala por um ciclope investido de poderes de polícia prenunciava um dia daqueles.

— O que foi, comissário?

— O que foi? Um juiz de araque libertou as fadinhas do mal e elas voaram para a terra do nunca.

— Está falando do embaixador e do seu... *protégé.*

— Quem mais?

— Você tem certeza?

— Acabo de sair do apartamento deles.

— Confere antes com os aeroportos.

— A Lurdes está fazendo isso neste exato momento. Mas sei que eles aproveitaram o compadrio com autoridades da banda podre e escapuliram.

— Tá bom. E o que você quer que eu faça?

— Em primeiro lugar, uma denúncia contra esse juiz corrupto.

— Feito — anuiu o delegado, como se Andrade fosse Aladim e ele o gênio.

— E um indiciamento para julgar estes dois à revelia.

— E assim você encerra o caso — afirmou o delegado.

Andrade assentiu energicamente.

— E assim eu encerro o caso.

— Vá sonhando, Andrade.

— O quê?!

— Ora, Andrade. Se um juiz determinou que você soltasse os suspeitos por falta de provas, imagina se um

promotor vai querer dar prosseguimento a esse inquérito do jeito que está.

— Delegado, os suspeitos fugiram — principiou Andrade, para aduzir com arrogância: — Isto não é uma
prova? Um indício altamente incriminador?

— Vamos fazer o seguinte. Ache o tal de Fabinho que
desapareceu e convença o tal de Téo a colocar Sandro
bem no centro da cena do crime e podemos ir adiante.

— Como vou achar um prostituto numa cidade que
é um prostíbulo? — exaltou-se Andrade.

— Problema seu, Andrade. Nem adianta tentar usar
aquela gravação com o embaixador para me chantagear
que não vai colar. E antes de tumultuar ainda mais as
nossas vidas, consiga uma prova real contra os dois.

O detetive encontrou Lurdes ocupada com a tarefa de
rastrear os movimentos do embaixador. Aborrecido
com a falta de atenção, abandonou a ideia de planejar
as próximas ações junto com ela e escafedeu-se, silen-
ciosamente. Na rua, ainda frustrado, lembrou que era
dia de feira e podia armar uma campana para Dó. Ia
descobrir como ela conduzia aquelas compras desme-
didas e botar ordem, pelo menos em casa.

A feira funcionava numa rua paralela à Nossa Senhora de Copacabana. Não passava de um amontoado
de barracas assentado sobre um mar de restos orgâni-
cos, e era vista por Andrade como um ataque semanal
aos cinco sentidos.

Instalado do outro lado da rua, o detetive aguardava a aparição de Dó, entretendo-se com a análise dos personagens que transitavam pelo corredor central da feira. Uma velhinha, que empurrava seu carrinho sobre todos que lhe cruzavam o caminho, chamou sua atenção. Os idosos eram agora uma das minorias mais agressivas na promoção da desordem social. Não respeitavam nada, queriam ser atendidos primeiro, ter tratamento privilegiado, e estavam dispensados de qualquer gentileza, como se fossem membros de uma nova família real. Isso tudo, fartamente estimulado por leis paternalistas. O fato é que já estavam tomando espaço de outros grupos de pressão no assalto à sociedade. Disputando vantagens com negros, judeus, mulheres e índios.

O detetive Andrade sentia como se vivesse num barco à deriva, cercado por ferozes tubarões sociais, ávidos por provar sua suculenta carne branca e seus olhos claros. O único alento ao crescente poder dos velhos era que o ingresso a esse grupo era assegurado a todos pela sobrevivência. O que Andrade pretendia alcançar.

A velhinha esbarrou numa barraca e algumas maçãs caíram. Ela, ao invés de se desculpar, disparou uma série de admoestações ao vendedor, que, atordoado, a cobriu de desculpas, acuado por ser apenas um homem pobre, sem nenhuma distinção especial.

Naquele momento Dó passou ao lado da velhinha seguindo na direção contrária. Arrastava também um carrinho, quase da própria altura, e ia distribuindo "ois" para os barraqueiros. Andrade atravessou a rua e se pôs a vigiar a empregada, escondido entre as barracas. Numa delas, Dó recebeu uma tangerina e dedicou bons momentos a devorar a fruta. Depois, estendeu o dinheiro e o barraqueiro empacotou um punhado delas. O mesmo procedimento se repetiu em uma barraca de bananas, acompanhou Andrade com crescente indignação. Então, era assim que a sua "braço direito" selecionava seus fornecedores? Se ela pertencesse a um órgão público poderia lhe dar imediata voz de prisão.

Meia hora depois, o detetive, satisfeito com o que havia apurado, cruzou novamente a rua na direção da delegacia. Já estava mais calmo e queria saber o que Lurdes conseguira na sua ausência.

— Já ia ligar, chefe.

— Sei — disse ele, sentando-se com um estrondo.

Ela arrastou a carteira escolar, que ocupava como mesa de trabalho, para mais perto dele.

— Consegui as informações. Sandro e o embaixador embarcaram num jato alugado, com destino a Belize.

— Então, Peter Pan e Sininho foram para o Caribe?

— O quê? — perguntou Lurdes.

— Por que Belize?

— Me fiz a mesma pergunta e fui atrás da resposta, chefe.

— E?

— Extradição. O Brasil não tem tratado com eles.

— Ah, a Terra do Nunca. — A indignação tomou Andrade.

— Ahn?

A pancada na mesa paralisou o salão. Todos os olhares se voltaram para o detetive, que os enfrentou sem temor. Lurdes puxou a carteira para longe, embaraçada.

Uma súbita mudança aflorou no rosto do detetive. As bochechas, que haviam escalado as faces, relaxaram, pendendo flácidas. Seus olhos cresceram um pouquinho.

— Pensando bem, a notícia é ótima. De longe, vão perder a influência sobre esse Téo. Se encontrarmos também o Fabinho, nenhum procurador vai recusar este caso.

— Será?

— Lurdes, ponha a cabeça para funcionar. Ninguém foge do país sem ter culpa. É praticamente uma confissão. Essa fuga faz com que o testemunho dos dois desajustados sem nenhuma credibilidade, ganhe força moral. Como está a caçada ao prostituto virulento?

— Ninguém viu esse Fabinho por aí.

Andrade abriu um sorriso amargo.

Lurdes se levantou junto com Andrade, que iniciava seu bamboleio rumo à escadaria.

— Aonde o senhor vai, chefe?

— Fazer a ronda dos informantes — disse. — Alguém pode ter visto esse degenerado mostrando a bunda por aí.

No zigue-zague pronunciado que caracterizava seu jeito de andar, o detetive viu-se, afinal, diante do shopping. Nunca deixava de admirar o fato de que cimento e tijolos pudessem erigir um espaço com alma. Uma catedral. No caso do shopping, uma catedral do crime. Na sua última avaliação, o Princesinha do Mar abrigava um mundo autossuficiente: academias de luta, que cultivavam a violência dos meliantes; igrejas, que abençoavam o pecado a troco de ninharias; antros de massagem erótica, para aliviar a libido dos facínoras; lojas de antiguidades, para acobertar a receptação das obras furtadas, e, agora, agências de viagens para promover a esbórnia polissexual.

Impulsionado pela indignação, Andrade subiu ao terceiro andar, bufando contra a cumplicidade entre fracos e opressores, vítimas e criminosos. Eram todos violas do mesmo saco orgânico que os despejava sobre o planeta indefeso.

O detetive estacou à porta da administração. O pavimento descoberto onde estava instalada na verdade era a cobertura dos andares comerciais inferiores. Ali, o descaso desenhara um panorama apocalíptico. Uma fileira de lojas, em estado de decomposição, meros depósitos das lojas comerciais abaixo, ocupava uma das laterais do espaço. Nas cercanias, latões mal fechados, uma verdadeira floresta de lixo.

A única loja viva naquele panorama desolador era aquela usada pela administração do complexo (uma mistura aberrante de shopping comercial com torres residenciais, certamente produto de uma mente doentia). Sem se deter em mais reflexões, Andrade empurrou a porta de vidro. Sua cadeira habitual o aguardava atrás da mesa do professor Dirceu, comandante em chefe daquele gueto, que aguardava empertigado a chegada do detetive.

— Todos aqui — comentou Andrade, sarcástico, ao entrar.

Janete, de cara fechada, e Walberto, de olhos arregalados, estavam sentados lado a lado nas cadeirinhas de plástico. De pé, Dirceu mastigava os próprios lábios.

— O senhor está nervoso? — provocou Andrade.

Dirceu parou com a mastigação.

— O detetive pediu que eu chamasse nossos... colaboradores... — Apontou o porteiro e a mulher.

Andrade se voltou para os dois que esperavam, Walberto com a mão no colo e a mulher aparando a cutícula.

— Eu agradeço muito a colaboração de vocês. A cidade agradece — corrigiu o detetive, tirando o corpo fora. — Na última vez em que nós conversamos, vocês ficaram de me trazer pistas de um suspeito foragido.

— De quem? — perguntou Janete inquieta, apressada para sair e cuidar dos clientes.

— Um prostituto agressivo conhecido como Fabinho.

— Ah? — lembrou Walberto. — Aquele, né?

O detetive suspirou impaciente.

— Já vi que não fizeram nada.

— Estamos de ouvidos e olhos atentos, detetive — esclareceu Dirceu.

— Eu e meus clientes não conhecemos essa gente — resmungou Janete, ofendida por tabela.

Andrade encarou com desagrado a barraqueira atrevida.

— Não conhecem? E quem vocês conhecem? A família real?

— Conhecemos o senhor — aduziu o porteiro-chefe, pressuroso.

Andrade o fitou indeciso, sem saber se o comentário era produto de ignorância ou audácia.

— A gente não sabe de nada — concluiu Janete.

O detetive desistiu daquela abordagem. Fatos não viriam à tona. Talvez pudesse explorar a mentalidade deles.

— Sei. Então, dona Janete, a senhora poderia me ajudar respondendo à seguinte questão: vamos dizer que você estivesse encrencada e se escondesse da polícia. Como eu poderia achá-la?

Walberto se animou, como se o detetive o houvesse convidado para um jogo. Dirceu voltou a mastigar os lábios.

— E se fosse o contrário? O senhor tivesse achacado gente honesta e eu tivesse que...

— A senhora se comporte! — interrompeu Andrade de dedo em riste.

— E o senhor não me ofenda — respondeu ela, desafiadora.

Dirceu interveio tenso.

— Meus amigos, estamos no mesmo barco, no barco da retidão. Por que o senhor não me usa como exemplo?

Andrade calou-se um momento, aturdido pela oferta.

— Qual a diferença? — explodiu em seguida.

Walberto relaxou vendo que as baterias do detetive apontavam na direção do subsíndico.

— Para podermos continuar — explicou Dirceu, do jeito carinhoso com que falava com alunos do saudoso Pedro II. A lembrança fez com que um sorriso se materializasse no rosto do homem.

— Está bem — concedeu Andrade. — Digamos que o professor tivesse cometido um crime.

Um sorriso vitorioso escapou pelos cantos da boca de Janete.

— Sendo o professor eu não sei — disse, de repente, Walberto. — Mas se quisesse achar a Janete, eu ficava de olho nas clientes. A Janete não ia deixar de falar com elas e perder os serviços por nada...

— Olha, cabeçudo de uma figa, se a sua mulher precisa pegar na mão dos outros toda semana... — Andrade parou no meio, em dúvida sobre o potencial da sugestão do porteiro.

De repente, bateu os punhos contra a mesa. Não ia deixar barato, só porque uma boa ideia saíra por acaso daquelas cabeças chatas.

— Eu não quero saber do fundo de comércio da sua esposa ambulante — cortou, furioso. — Eu não sei onde eu estava com a cabeça, achando que uma dupla de nordestinos podia fazer mais do que tocar sanfona.

Janete deu um pulo da cadeirinha.

— Seu Dirceu — disse ela, brava —, eu vou lá embaixo buscar uma panela de ferro pra bater na cabeça desse policial.

Walberto tentou impedi-la:

— Bem, volta aqui!

Ela não lhe deu ouvidos, saindo agitada.

— Deixa ela ir, Walberto — disse o detetive. — Sei que os modos dela não refletem o coração, só a educação. O que importa é que tive uma ideia, e vocês, ainda que involuntariamente, ajudaram minha ideia a nascer. Afinal esse clube de amigos das Casas Bahia serviu para alguma coisa.

Walberto mal podia ouvir, de tão desconsolado que estava.

— Melhor o senhor ir, antes de ela voltar com a panela.

O detetive respirou com alívio ao ver o bloco comercial a duas quadras de distância. Na pressa de sair, acabara descendo pela escada rolante próxima à Lavanderia Boa e Rápida, de propriedade dos coreanos mal-agradecidos. Tomou um susto ao se deparar com o proprietário da lavanderia, um híbrido de samurai e camicase. Pelo que lembrava, o coreano fora subjugado pela inspetora ao se lançar contra ele, Andrade, por causa de um pequeno mal-entendido. Ou fora o japonês que se lançara contra ele? Já não sabia dizer. Após tanto tempo, as sutis diferenças fisionômicas entre os amarelos havia se esfumaçado. Agora, só conseguia separar homens de mulheres e velhos de crianças.

O coreano, ao vê-lo, se enrijeceu todo. Andrade apressou o passo, emparelhando com uma idosa e mantendo-a entre os dois. Enquanto passavam um pelo outro, dispararam ameaças veladas com os olhos.

Na rua, ligou para Lurdes:

— Inspetora, agora estou ocupado, mas tenho uma tarefa vital para você. Ainda tem as listas com os telefonemas desse grupo de transviados, não é?

— Claro, chefe — ouviu Andrade.

— Pois então, você vai procurar nas listas as ligações que foram feitas para fora do grupo. Entre elas, devem estar as ligações desses desviados para o nosso amigo Fabinho. Deve ser um número comum à maior parte deles. E frequente, para alguns.

— Mas, chefe, mesmo que a gente ache o número dele, ele não vai querer dizer onde está.

— Um problema de cada vez, Lurdes.

Depois de desligar, o detetive ainda demorou alguns minutos para alcançar a praia. Chegou arfando ao quiosque de Pipa. Este vestia uma camiseta apertada e conversava com uma menina descabelada. A garota se afastou ao notar a aproximação de Andrade.

— Clientes colegiais estão fora da tolerância — observou o detetive, ainda afogueado.

— Um guaraná? — perguntou Pipa.

O detetive, ainda sem fôlego, cuspiu:

— Mãos para trás, que vou algemar você, marginal.

— Que é isso, detetive?

— Isso é a lei. Mãos nas costas.

— Chefia — disse Pipa, implorando compreensão. — Erro meu. Prometo mandar aquela garota fazer suas compras no morro. Só fiz papel de correio, juro. Ela pediu e só busquei. Nem sabia o que o envelope tinha, só vi quando ela abriu. Correio, chefe — Pipa repetiu, com os olhos esbugalhados.

Andrade o encarou sério.

— Acordo é acordo. Mesmo um bandido como você pode aprender a cumprir o combinado.

— Juro, chefia. Nunca mais. Pra mulher sem ruga e homem sem barba, não vendo nunca mais. Mando subir o morro, falou?

O detetive suavizou a expressão carrancuda.

— Vou confiar. Me dá uma cerveja e pega aí o dinheiro.

A mão aberta do detetive estava vazia. Pipa lhe passou uma cerveja.

— Dessa vez passa. Mas estou de olho, pilantra. E, agora, me diz logo: você viu aquele rapaz que pedi pra você tirar da praia? O Fabinho.

— Valeu, chefia! — Pipa abriu um sorriso amigo. — Olha, chefe, aquele marginalzinho não pintou pelas areias douradas de Copacabana, não.

— Areias douradas de Copacabana... Você está testando minha paciência?

— Foi riqueza de falar — resmungou Pipa. — O cara não deu as fuças por aqui desde que o senhor pegou ele, patrão.

213

Andrade deu um último gole.

— Assim você não está sendo útil para a sociedade — ameaçou o detetive. — Fica de olho e me avisa se ele aparecer.

— Na *horita*.

— Vou embora porque não estou mais aguentando essa malandragem verbal, seu ignorante pernóstico.

Pipa deu uma fungada como resposta. Andrade, por sua vez, seguiu risonho para casa.

Ao contrário do que poderia esperar, a tarde não tinha sido tão infrutífera quanto um pomar nordestino. Walberto havia feito o trabalho para o qual se havia destinado, ou seja, abrira a porta para que a aguda percepção de investigador encontrasse um caminho. A lembrança de que poderia chegar em casa a tempo de confrontar a baixinha o animou mais ainda.

Andrade entrou no apartamento no maior silêncio possível. Ao se aproximar sorrateiramente da porta da cozinha viu que Dó terminava de guardar o jantar na geladeira e começava a rabiscar num papel sobre a bancada lateral. Ele sabia que, antes de sair, ela tomaria um banho, para não perder a oportunidade de explorá-lo até a última gota.

— Preparando cartazes para a passeata? — disse ele, de surpresa.

Dó girou sobressaltada.

— Que susto, seu Andrade.

— A ideia era essa. — Ele se movimentou para dentro da cozinha. Começou a passear ao redor de Dó.

— O senhor tá me deixando mareada.

O detetive parecia num bote à deriva, remando sem rumo.

— Que tanto rabisco é esse?

— Lista das faltas.

— Vai se confessar com o pastor?

— É das compras. Pro supermercado. — Ela continuou a fazer a lista, mas com um olho pregado nele.

— Foi à feira hoje, não foi?

— É dia, né.

— De fazer meu suado dinheiro render.

— O que o senhor me dá garante metade do mês. O resto eu estico.

Andrade botou as mãos fechadas nos quadris.

— Você pensa que é muito esperta. Pois hoje te peguei com a boca na botija.

— Que botija? — Ela largou a caneta e o encarou de baixo para cima.

— Eu estava atrás de um suspeito e ele passou pela feira. E quem eu vi lá, comendo e bebendo do melhor às minhas custas? Quem?

— Cê viu as provas?

— Não, eu não provei nada. Era só um suspeito de um crime horrendo que foi deixar um pacote incriminador para um cúmplice que é feirante. — A história inventada ficou tão longa que Andrade perdeu a linha de raciocínio.

— Eu provo.

— Não se meta num caso de polícia que você acaba presa — ameaçou.

— Eu provo as frutas antes de comprar. É isso? — Agora, ela tinha posto as mãos nas cadeiras e o fitava com petulância.

— Que frutas?

— As que eu provo, ora.

O detetive olhou aturdido para a empregada. Havia perdido o fio da história. De repente, se localizou de novo.

— As frutas! Você usa meu dinheiro para comprar as frutas e desvia um monte delas para essa barriga de passarinho, que deve ser elástica para acolher o tanto que você come. Depois distribui pros filhotes.

Dó pôs a mão na cabeça, compungida.

— O senhor nem sabe o que diz. Na feira tem que provar antes de comprar. Senão eles não respeitam o senhor.

— Sei. Você se aproveita para encher a pança.

— Eu provo coisa que nem gosto. Devia é ter um aumento por isso.

— Enlouqueceu, é? Só faltava essa. Eu devia é pegar essa lista que você está escrevendo como indício criminoso.

— Pode pegar se for pra fazer as compras. Eu vou é agradecer o senhor. Ia ser a primeira vez que ia fazer um trabalho pela casa.

Uma linha reta diagonal prendia os dois olhares.

— O papa está vindo aí para excomungar todos vocês, cristãos de araque.

— Eu vou no aeroporto. O senhor vai? — Ela o desafiou.

O detetive engoliu em seco.

— Eu trabalho, sua encostada. Não passo meu tempo organizando passeatas nem fofocando em templos pagãos. Vou denunciar que você, uma fiel de livrinho, vai se fazer passar de carola de igreja para ver o papa. Alguma você e aquele pastor estão aprontando pra cima do papa.

— É seu jeito de ver, né! — Ela balançou os ombrinhos, jocosamente. — Se gosta dum, tem que desgostar do outro. Mas não é como a gente pensa. Eu gosto de um e do outro.

O detetive abandonou a querela com um volteio e rumou para o escritório. De lá, ouviu a porta dos fundos batendo, sinal de que a baixinha tinha se irritado também. Um sorriso, afinal, naquele dia infeliz.

Pegou a caneta e começou a desenhar na parte esquerda do quadro branco um diagrama com todos os personagens daquela investigação. Na direita, elencou as evidências, conectando-as por setas com os personagens. O embaixador e Sandro estavam cercados de setas. Bastaria a corroboração dos testemunhos iniciais de Téo e de Fabinho transformar as setas em flechas envenenadas.

Com o quadro na cabeça, foi relaxar na banheira, deixando a mente passear pelas palavras que ouvira das testemunhas. Não podia, concluiu, depois de repassar o caso várias vezes, dar mais um passo sem encontrar Fabinho e fazer com que Téo confirmasse o seu primeiro depoimento. E o único caminho eram as ligações telefônicas entre os personagens. Seu telefone celular, que estava sobre um banquinho ao lado da banheira, começou a chamar. Era Lurdes.

— Boas notícias. Acho que identifiquei o número do celular do Fabinho.

— Você tentou falar com ele?

— Devia ligar para checar?

— Não. Se você ligar e ele não souber quem é, pode se assustar e se livrar do telefone. Ou ir para a Bahia. Aí, acabou o caso.

— E o que eu faço com esse número, então?

— Guarde este número e os das pessoas que ligaram para ele. Vou pensar no que fazer — disse Andrade, deslizando para o fundo da banheira.

Com a água batendo no queixo, a mente de Andrade estava livre para rever as conversas que tivera com a turma do shopping, Pipa e até Suely, na esperança de que aquelas mentes mais simples pudessem descobrir o que seu cérebro mais robusto não alcançara: um modo de pescar uma piranha especial num rio repleto de piranhas. A luz trazida por Suely e a turma do shopping ainda brilhava, mas, na sua cabeça, a lanterna fora acesa por ele.

Quando saiu da banheira, uma hora depois, a pele enrugada era compensada pela sensação de que tinha iluminado o caminho para atrair, primeiro, a piranha e, depois, os pirarucus de casaca. Quem ligava para o prostituto Fabinho com frequência só podia ser um cliente assíduo, envergonhado e fácil de manobrar.

218

11

A sala de recepção da agência de turismo Golden Pot estava apinhada de seres exóticos, além dos habituais jovens que faziam o atendimento inicial. Algo fazia com que Andrade associasse o ambiente a um salão de cabeleireiro instalado numa nave espacial. Para maior desconforto visual do detetive, uma dupla de jovens dividia uma cadeira em frente ao primeiro atendente, ambos sentados na beirada, com os dedos mindinhos entrelaçados. Ao lado, defronte ao segundo atendente, uma mulher de meia-idade, totalmente coberta por couro tacheado, ria alto, enquanto, despudoradamente, coçava a bunda. Seus cabelos, tingidos de azul e adornados por mechas cinza, combinavam com a tatuagem no braço, mescla de bode e diabo. O terceiro atendente falava com um casal de velhinhos, os dois de cabelos brancos e ar correto, que o detetive não conseguia enquadrar naquela atmosfera.

Os velhinhos foram os primeiros a liberar uma posição e Lurdes, percebendo que o chefe não se aproximaria da fileira de clientes, se adiantou:

— Precisamos falar com os sócios.

— Policiais, não é? — reconheceu o atendente, pegando o telefone.

A mulher de cabelos azuis, ao ouvir a palavra, se virou e simulou cuspir no chão, com desprezo. Lurdes ergueu o dedo para ela e se retesou pronta para imobilizá-la. Disputaram uma batalha de olhares por segundos, até que Andrade deu um chute na cadeira, fazendo a mulher desabar no chão.

— Respeito com a lei, cidadona!

— Porcos nojentos! — ela resmungava, arrastando-se para a saída, sob a vigilância de Lurdes, que a cada metro ameaçava lhe dar um chute.

— Some da minha vista, vadia de luto, ou vai ser revistada pela Lurdes até a gente encontrar o peru que deve estar escondido aí dentro.

A grosseria paralisou a sala inteira, inclusive Lurdes. O chefe era sempre capaz de surpreender, pensou, com alegria.

— E vocês — o detetive abarcou a sala com um gesto — podem voltar a comprar seus ingressos para as férias no Devassidão que hoje a cantora de MPB não volta. E você — apontou para o jovem que atendia Lurdes —, avisa ao Chitãozinho e ao Xororó que estamos entrando.

Seguido por Lurdes, Andrade abriu a porta atrás dos atendentes e entrou na sala interna da agência Golden Pot. Pararam ao ver Téo, sentado num sofá, aguardando.

— Que ótimo! — exclamou Andrade. — A irmã do Pinóquio em carne e osso.

220

Téo fez menção de levantar e foi impedido por um empurrão de Andrade.

— Quieto que eu não acabei.

— O senhor não pode me tratar...

Ele calou ao ter o pulso torcido por Lurdes, que sentou a seu lado.

— Seu protetor está tostando a bunda numa praia caribenha. Uma borboleta só não faz verão. Mete nessa cabeça fresca que você, sem a proteção do embaixador, é um mocinho comum e histérico. Desses que são derrubados como peças de boliche pela vida.

Andrade desabou do outro lado, completando um sanduíche com o rapaz.

— Você sabe que viu Sandro caminhando para matar o seu amigo Rubens e sabe que o viu saindo da cena do crime — afirmou o detetive, impaciente.

Uma porta se abriu e Paulo surgiu na sala. Ao ver a cena, deu um berro, horrorizado. Com dificuldade, Andrade se pôs de pé. Então, encarou Téo de cima, ameaçador.

— Pense bem pois vamos voltar a nos falar. Pense muito bem no que vai dizer.

— Eu e Márcio estamos esperando, delegado — balbuciou Paulo.

Andrade e Lurdes o acompanharam, não sem antes lançarem sobre Téo olhares fulminantes. O rapaz permaneceu colado ao sofá, petrificado, mas com os lábios cerrados.

Márcio, trajando uma camisa folgada sobre as bermudas, tinha os pés enfiados em confortáveis sandálias franciscanas. Não os recebeu de bom humor. Sem gentilezas, sinalizou para que se sentassem em qualquer lugar.

— A gente já disse tudo que sabe — iniciou, seco.

Andrade esticou as costas para se alongar. Os demais se afastaram da mesa, involuntariamente.

— Para começar, a polícia nunca esgota seu manancial de perguntas, nem sua sede de saber, até que um caso esteja encerrado. E, depois, você fala por si e seu amiguinho fala por ele mesmo — advertiu o detetive, solene.

Márcio apertou os olhos, ruminando uma resposta que não veio.

— Se estamos acertados, eu queria continuar. Nós temos um conhecido marginal, que passeia livremente pelo grupo de vocês, e está foragido. O nome dele é Fabinho. Vocês o conhecem?

Os dois negaram com a cabeça.

— Viu, inspetora. Sempre tem alguém mentindo. Às vezes, mais de um.

— Assim o senhor vai continuar essa conversa com nosso advogado — disse Márcio, arranhando o tampo da mesa com os dedos.

O beiço inferior de Andrade pendeu preguiçosamente.

— Pode ser. Se vocês dois preferirem, podem ser nossos convidados para uma noite na delegacia. Mas seria melhor eu explicar onde vocês estão se metendo. Esse Fabinho tem recebido periódicas ligações vindas deste escritório. Tem recebido também ligações de quase todos os personagens que militam nesse mundinho pervertido que vocês habitam.

— Chega! — irritou-se Márcio. — Não precisamos ficar ouvindo esse saco de b...

Lurdes o interrompeu com uma pressão no braço.

— Ah! — gritou Márcio.

— Meu Deus! — exclamou Paulo. — Isso é brutalidade policial!

— Lurdes! — recriminou Andrade.

— Desculpe — disse ela, cabisbaixa com a reprimenda.

O detetive se dirigiu a Márcio, consternado:

— Me desculpe, senhor Márcio. A inspetora responde com natural energia à brutalidade verbal. Mas não acredito que o senhor fosse dizer nada ofensivo, não é?

Márcio e Paulo se entreolharam. O primeiro parecia a ponto de explodir.

— Continuando. Esse marginal tem recebido ligações daqui. De um dos senhores. Se não confessarem agora, vão estar incursos no crime de obstrução da justiça e falso testemunho.

— Dá cana braba — ressaltou Lurdes.

Márcio esfregou o braço mais uma vez, indignado:

— Meu advogado vai expulsar vocês dois da polícia — disse, com ódio.

Andrade sorriu descrente.

— Sabemos que o Fabinho tem visitado o senhor-zinho. — O detetive apontou o dedo acusador para Márcio.

— Eu? Com um cowboy? — respondeu com ironia Márcio.

— O senhor mesmo. Vaidoso demais para pegar ho-mens feios. Feio demais para ser pego pelos bonitos. Só lhe restava contratar os serviços de um galinho sexual.

— Isso é demais! — gritou Márcio, pegando o te-lefone. — Ligue pro meu advogado — berrou para o aparelho.

— Detetives — ponderou Paulo, perturbado —, vocês estão se precipitando. Os funcionários têm acesso ao telefone. Qualquer um deles pode ser cliente do Fabinho.

O argumento esbarrou numa muralha de nojo e descrença.

— Só se vocês pagam bônus vultosos pelo meio in-salubre em que eles trabalham. Aquele garoto atende membros do corpo diplomático. Não é barato.

— Eles não poupam nesse assunto, detetive. São jo-vens e gostam de aproveitar a vida. Nunca vamos saber quem era o cliente, ou clientes.

— Nós sabemos quem foi, Huguinho. O Zezinho aí ao lado.

Naquele momento, Márcio se levantou transtornado.

— Você... — iniciou com voz trêmula.

Lurdes se pôs em posição defensiva. Andrade levou a mão ao coldre debaixo da camisa.

— ... você... é um mentiroso! — irrompeu Márcio — Disse que ia se endireitar para criar uma família. E se encontrava às escondidas com aquele puto!

Os policiais se voltaram para Paulo, que prorrompeu numa crise de choro:

— Não havia amor... não havia amor.

A satisfação contorceu o rosto de Andrade.

— Eu sabia! — disse o detetive. — Sabia que essa história de casamento e princesinhas era para inglês ver. No fim e ao cabo, a coceira no rabo não sara. Eu sabia. Nunca ninguém voltou pra dentro do armário e trancou a porta.

— Você me largou para viver uma mentira! — A explosão de Márcio derrubou Paulo de vez. Do rosto largado sobre a mesa corria um rio de águas claras.

— Calma — disse Lurdes, consolando Paulo com um cafuné desajeitado.

— Recomponha o gordinho, Lurdes. Vamos precisar dele para o ato final.

Encostada no balcão de um bar, a inspetora, com um boné cobrindo a cabeça, observava a portaria de um flat, localizado numa transversal da avenida Barata Ribeiro, em Copacabana. De súbito, inclinou mais a cabeça, enquanto um rapaz passava apressado na direção do flat, olhando nervoso para todos os lados.

Ao tocar a campainha, a porta do flat se abriu por inteiro. O jovem entrou dizendo impulsivamente:

— Você não pode ficar me chamando... — E, então, ele estacou, paralisado com a visão de Andrade, que surgira por detrás da porta escancarada.

— Fabinho, o garoto de programa mais procurado e menos visto do país — ironizou o detetive.

Fabinho se virou para escapar e deu com Lurdes em posição de combate. Seguiu a direção apontada pelo dedo despudoradamente grande do detetive e foi sentar-se a uma mesinha redonda no centro da sala.

Lurdes fechou a porta e apoiou-se contra ela. Andrade sentou-se de frente para o rapaz.

— Onde está o Paulo? — perguntou Fabinho, apreensivo.

— O fofinho só fez o que nós mandamos. Não precisa ficar chateado com ele — respondeu o detetive.

— Como o senhor descobriu?

— Existem lendas urbanas, mas homens da razão, como eu, sabem que é mais fácil voltar do outro mundo do que abandonar os vícios da sua comunidade.

— Por que vocês estão me...

— Chega! — bradou o detetive. — Quem pergunta aqui somos nós.

Fabinho extravasou o desassossego tamborilando os dedos.

— E para com esse barulho idiota! Desembucha logo! Por que você não apareceu para fazer a acareação?

— É muita pressão. Minha cabeça não aguenta. Eu sou da paz.

Andrade deu uma pancada na mesa.

— Você é um autoproxeneta safado e desonesto. Tudo bem para mim. O que me importa é que você relate, por escrito, as conversas que teve com Rubens. Isto feito, eu prometo esquecer suas estripulias. Até você testemunhar nesse inquérito, na frente de um defensor público, você vai ficar sob a guarda da inspetora aqui.

Lurdes questionou Andrade com uma expressão de surpresa.

— É para garantir, inspetora, que os lobos maus não vão machucar o chapeuzinho vermelho aqui.

Andrade tornou a examinar o rapaz.

— O que é isso no seu bolso? Tá de pau duro?

Fabinho deu uma risada.

— Não, é meu...

Andrade já tinha se curvado e arrancado o telefone do bolso dele.

— Ei, eu preciso desse celular. Eu faço o que o senhor quiser — disse Fabinho, se esticando para pegar o aparelho.

O detetive o afastou com um safanão.

— Vou confiscar isso aqui.

— Ei — debateu-se Fabinho, furioso. — É meu ganha-pão.

— Senta aí, colombina, até o pierrô te chamar para dançar — disse o detetive, lançando o jovem contra a cadeira.

Andrade foi até Lurdes e lhe passou o celular. Voltou a se sentar em frente a Fabinho.

— Sabe de uma coisa? Você é bem estouradinho. Seria o parceiro ideal para ajudar Batman e Robin a apagar o empresário chantagista.

— Eu sou da paz. Só dou amor — Fabinho tentava aparentar calma, mas parecia um animal acuado. — Eu já sei. Vou agora com vocês na delegacia e assino tudo. Confesso que o embaixador me pagou para convencer o Ruba a encontrar o Sandro no beco. Digo que eu vi de longe os dois pegarem o Sandro, fiquei apavorado e me mandei.

Andrade ponderou a proposta por um momento.

— Pena que a câmera de vigilância do prédio do embaixador mostre ele saindo depois do crime, não é, Lurdes? — disse o detetive, se dirigindo à inspetora. Sem tornar a olhar para Fabinho, continuou. — Pena que esse sujeitinho aqui esteja mentindo tanto.

O rapaz tentou se levantar novamente e dessa vez Andrade não teve piedade. O tapa ecoou pelo prédio, jogando o jovem ao chão.

— Fica quieto enquanto eu e a inspetora pensamos na sua proposta, efebo romano.

O detetive foi até Lurdes e confabularam longamente. Andrade retornou à mesa com um sorriso no rosto.

— Vocês vão me levar pra delegacia? — perguntou Fabinho em tom de súplica.

— Calma, rapaz. No devido tempo. Antes, a inspetora vai usar seu celular para mandar uma mensagem a seus amigos.

— Mensagem? Por quê?

A sensação de Fabinho era a de que uma avalanche começava a descer em sua direção.

— Questão de método. A inspetora me lembrou que a gente não perde nada tratando uma testemunha como suspeito. Então, ela vai mandar uma mensagem para sua lista de contatos. Pode escrever, inspetora: "Vem me encontrar com dinheiro ou vou botar a boca no mundo." E termina com o endereço daqui.

Andrade ruminou um tempo.

— Não! Para, Lurdes. Melhor mudar isso ou toda a lista vai aparecer aqui. Manda a seguinte mensagem: "Já sabem do Ruba. Preciso te ver."

A sensação agora era a de que a avalanche o cobria inteiro.

12

O detetive Andrade não conhecia o restaurante sugerido por Dirceu. A comanda, entregue na entrada, lhe fez sentir como se houvesse caído numa armadilha do velho professor. Estava preso numa muralha de ladrilhos e a comanda refletiria seu peso e sua fome em ouro. Mundo absurdo este, onde seus peso e tamanho não significavam um salário melhor, mas concorriam para um custo de manutenção muito superior ao dos mirrados companheiros de mesa. Revoltado, Andrade amassou a comanda no bolso, a caminho da mesa.

Ao se aproximar, Janete e Walberto o receberam com atitudes bem distintas. Ele sorriu e ergueu o polegar, num parabéns enfático e entusiasmado. Ela murmurou contrariada:

— Conseguiu, né?

Andrade testou a solidez da cadeira vazia junto a Dirceu com pequenas pancadas antes de sentar e retrucar:

— A ciência investigativa, minha cara microempresária, recompensa o empenho arguto e decidido.

Dirceu lhe deu um tapinha no ombro e o congratulou:

— O senhor derrotou o crime, mais uma vez.

A boca de Andrade se retorceu numa expressão de calculada modéstia:

— Infelizmente, não são muitos os criminosos de alto coturno que cruzam meu caminho. E os que escapam desse encontro fatal estão por aí, protegidos pela crescente tolerância da sociedade — bravateou.

O garçom veio recolher os pedidos de bebidas. Andrade sinalizou para que colocasse sua cerveja na comanda de Dirceu.

— Depois, eu acho a minha cartela — disse o detetive, apalpando a si mesmo, inutilmente.

Dirceu se empertigou como se à espera do Hino Nacional. Desde que marcara o almoço, passara a viver em uma contagem regressiva para saciar a curiosidade que crescia como erva daninha.

— Estamos prontos para ouvir a história.

— Isso. Vamos comer — se animou o detetive.

Dirceu protestou:

— O senhor podia dar pelo menos uma introdução do caso. Como entrada.

Andrade condescendeu faminto, mas orgulhoso.

— Acho justo, já que me convidaram tão gentilmente.

— É sistema de cartela. — Janete apontou a própria, sobre a mesa.

— Acho que esqueceram de me dar uma — murmurou Andrade.

— Acho que está no seu bolso — sugeriu ela.

Andrade decidiu evitar uma polêmica com a manicure delivery, que o observava com a quietude de uma cobra antes do bote.

— Depois eu vejo. Professor, o senhor podia pegar uns quitutes de entrada, enquanto organizo na cabeça um relato adequado a um emérito docente. Uns bolinhos de bacalhau, uns quibes caem bem — terminou, brindando Dirceu com uma espécie de sorriso.

Dirceu se levantou animado.

— Mas espere eu voltar para começar.

Enquanto Dirceu seguia para a estação de comidas, o detetive deitava um exame silencioso no casal.

— Como estão as ruas? — perguntou Walberto, desconfortável.

— Sujas e invadidas por migrantes — replicou Andrade, com os olhos pregados em Janete.

Dirceu retornou com um prato repleto. O detetive mergulhou a mãozorra, catando um punhado para encher seu prato.

— Então, vamos lá. Tudo começou com um crime comum, num beco ordinário, atrás de uma boate suspeita.

— Suspeita de quê? — perguntou Janete.

Andrade a ignorou.

— A vítima, um empresário chamado Rubens, envolvido no ramo da disseminação do turismo sexual, era uma pessoa de índole ruim, dada à exploração de indivíduos desajustados. Tinha um número inimaginável de inimigos, o que complicava muito a investigação.

— O seu Rubens tinha tanto inimigo assim? — perguntou Walberto, tentando juntar o desenho de Andrade ao jovem bem-humorado que conhecia de vista.

— Esse Rubens é seu e não meu. Não ando por aí com bafo quente no cangote — ironizou Andrade, trocando um olhar venenoso com Janete. — Mas continuando: esse Rubens morreu esfaqueado, mas saltava a olhos experientes, como os meus, que certos sinais de agressão física vinham de antes da noite do assassinato. A necrópsia confirmou que ele fora espancado, o que nosso trabalho de campo já havia confirmado pelo testemunho dos seus sócios. Porque ele tinha sócios na agência de turismo. Uma verdadeira quadrilha pecaminosa, como se o Lobo Mau financiasse os Três Porquinhos. Além dele, Rubens, havia Paulo, um ex-gay, agora casado, que alega ser pai de uma filha, e Márcio, um jovem irritadiço, que trazia sinais de inclinação para as drogas estampado no corpo frágil. — Os olhos do detetive passearam na direção do porteiro magricela.

— Dinheiro é sempre um motivo — asseverou Dirceu com veemência, recebendo uma mirada paciente de Andrade.

— Para os menos sofisticados seria o motivo do crime: uma disputa societária. Mas conheço bem a psicologia das tribos que se misturam aos cidadãos comuns da cidade. Essa era uma tribo especial, a dos homossexuais.

— Eu tenho clientes assim; gente como a gente — disse Janete.

— Aos olhos de Deus, pode ser. Mas aos de um policial arguto, sobressaem dois traços característicos que devem ser considerados: a promiscuidade e os surtos histéricos de paixões e ciúmes. São como mulheres, só que mais inteligentes e sem data certa para os hormônios se descontrolarem. São criminosos muito perigosos, por sua audácia e sua minúcia. E capazes de tudo, já que desprezam a sociedade conservadora e seus valores. Até duvidam da santidade da vida.

— Eu conheço meus clientes — contestou Janete, revoltada. — Não são nada disso.

Dirceu ficou nervoso com a possibilidade de que um conflito prejudicasse a continuidade da história.

— Dona Janete, por que a senhora não vai buscar mais uma rodada de bolinhos? Leve a minha cartela.

— Vai sim, benzinho — instou Walberto, feliz com o uso da cartela alheia.

— Não sou garçom — negou ela, emburrada.

— Então, vou eu — disse Walberto, tomando a comanda de Dirceu.

Andrade aproveitou a celeuma para limpar o prato dos dois últimos bolinhos.

— Onde eu estava? — se perguntou entre mastigadas. — Ah, nos suspeitos. Todos eram suspeitos. Além dos sócios havia um jovem estridente, um tal de Téo, que logo me chamou a atenção, por ser um poço de inveja, ambição e perfídia. Através dele os mais diversos personagens se entrelaçavam e, principalmente, ele servia de cafetão para o embaixador, um homem rico, de quem buscava tirar vantagens. Este rapaz, percebi logo, era alcoviteiro e manipulador. Nutria uma paixão doentia por Rubens desde a infância, e se ressentia por ser menosprezado romanticamente pelo amiguinho. Um ressentimento que abraçava o próprio embaixador, que não incluíra Téo, o amiguinho que lhe arranjava amigões, como sócio da agência.

O detetive fez uma pausa e retomou:

— Téo tentou nos colocar primeiro contra Mauro, depois contra Sandro, irmão gêmeo dele. Téo foi construindo uma rede de pistas falsas, que envolviam o embaixador e Sandro no crime. Contou para isso com o próprio testemunho que nos deu e também com o de um prostituto chamado Fabinho, que ele agenciava para o embaixador e outros do grupo. Sempre de forma indireta, por insinuações, Téo tentou nos vender como fato a história de que Sandro havia atraído a vítima para um encontro mortal no beco, no dia do crime. Não dizia que ele mesmo havia estimulado o encontro e inventado as conversas que o prostituto contara à polícia.

— Isso tá complicado — reclamou Walberto.

Andrade suspirou, compreensivo, imaginando que os neurônios do porteiro estariam perto do colapso.

— Vou simplificar. Vamos pular para a noite do crime. Téo convence Sandro a ir com ele à boate. Na boate, Téo diz para Rubens que Sandro quer encontrar com ele no beco. Rubens vai ao beco e lá é assassinado por Fabinho, o prostituto. Fabinho pega o telefone de Rubens e manda um SMS para Sandro dizendo: já estou no beco. Fabinho, então, foge pulando o muro com uma corda que tinha amarrado do outro lado. Sandro, induzido por uma mentira de Téo, vai ao beco, pensando encontrar um paquera, e se depara com Rubens, morto.

O detetive parou um momento para enfatizar o suspense:

— Téo sai logo depois dele, com o propósito de testemunhar a cena e poder chantagear Sandro mais tarde. Ao falar conosco, Téo diz que viu Sandro saindo do beco na direção de um carro de um suposto cúmplice. Tudo para implicar o embaixador na história. Para azar de Sandro, após ver o corpo de Rubens, ele realmente liga para o embaixador, que sai de casa para encontrá-lo. O crime quase perfeito se torna perfeito. Todos os indícios apontando para Sandro e o embaixador. Um golpe de mestre, associado a uma sorte dos demônios. Só um gênio desvendaria uma trama dessas — encerrou Andrade, imerso em glória.

— Então os criminosos foram esse Téo e esse Fabinho! — exclamou Dirceu. — Os sócios, o Sandro e o embaixador eram inocentes.

— Deste crime, eles são inocentes. A dupla já confessou. Téo e Fabinho vão gastar os próximos anos decorando uma cela em Bangu. Mas posso acrescentar um detalhe importante, para que vocês entendam o quão maquiavélico eram esses criminosos. Quando Fabinho mandou pelo telefone de Rubens um SMS para Sandro "combinando" um encontro no beco, Téo manejou para pegar o telefone de Sandro, com uma desculpa, na hora exata do envio, evitando que Sandro a visse. Ele ainda apagou essa mensagem. Assim, Sandro não saberia dela e, depois, se a polícia descobrisse a mensagem, ia parecer que Sandro tinha tentado ocultá-la.

— Que *fias* de uma cobra — disse Walberto, indignado.

— Agora entenderam a dimensão do caso?

— Eu fiz a unha do embaixador semana passada e ele disse que a polícia era burra e boçal.

— Ah, aquele covarde já voltou ao país? Ele é versado em malícia, não em polícia. Mais uma vez, tive que simular que acreditava nas provas que um criminoso ardiloso plantava pelo caminho, para abaixar a guarda dele e dar o bote. O embaixador se precipitou fugindo, não confiando no nosso trabalho. Já deve estar arrependido de ter feito um papelão.

— Ele num tava arrependido, não. Tava pu... danado — insistiu Janete.

— Vamos comer? — perguntou o detetive, se levantando. Dirceu também se levantou. — Ah, seu Dirceu, vou usar a sua cartela porque a minha sumiu mesmo. No próximo, eu convido.

— Vou pedir ao garçom... — começou o professor, mas Andrade já seguia para as bandejas de comida fumegante com a comanda do subsíndico.

Dirceu encolheu os ombros com resignação. Afinal, acreditava que a figura corpulenta que bamboleava adiante havia feito das ruas um lugar mais seguro para suas netas. Mais uma vez.

Este livro foi composto na tipologia Warnock
Pro Regular, em corpo 11,5/16, e impresso em
papel off-white no Sistema Cameron da
Divisão Gráfica da Distribuidora Record.